I0673519

Para todo mal

Sexo oral

Para todo bien también

Los personajes, sucesos y eventos de esta obras son ficticios y cualquier semejanza con personas vivas o desaparecidas es pura coincidencia.

Para todo mal Sexo oral

Primera edición junio del 2014
México, Distrito Federal
ISBN: 978-607-00-8428-7

A Beatriz Elena Sacristán Ponce.
A Juan Manuel Alegría Suárez.

Prologo

Los restaurantes existen porque comer es una necesidad cuya satisfacción, por lo general, es bien vista por la sociedad. Es perfectamente normal reunirnos con amigos para comer y departir; los excesos no son necesariamente censurados ni mal vistos e incluso, algunas veces, los que se exceden, reciben cariñosos sobrenombres como gordito, por ejemplo. Vemos campañas en medios masivos que, afortunadamente, promueven la correcta alimentación y censuran actitudes que conducen a terribles enfermedades como la bulimia y anorexia. Sin embargo, el sexo, que también es una necesidad, no es bien visto; no es aceptable reunirte con amigas para realizarlo, tampoco su práctica frecuente, disfrutarlo en exceso, hablar de ello o que los amigos y familiares te llamen por sobrenombres como la facilita o el golfito. Los lugares donde se practica, moteles por ejemplo, son mal vistos y normalmente se entra con discreción o están situados a las afueras de la ciudad. Finalmente, no he visto una campaña en medios masivos que digan: Evite el estrés, tenga más sexo o reduzca el tráfico vehicular teniendo sexo duro en casa.

¿Por qué la práctica del sexo no es vista como algo cotidiano? En gran medida es porque los hombres nos hemos encargado de hacer del sexo algo complicado y, a veces, negativo para la mujer. Pareciera que, como hombres, necesitamos más el sexo como tema de conversación que como medio para satisfacer una necesidad. Qué razón tenía Sor Juana Inés de la Cruz en su poesía, enarbolando la querella más racional sobre el tema ¿por qué piden y luego, al recibir, critican? Por favor, es de bien nacidos agradecer, cuando una mujer nos da y lo disfrutamos, después no andemos con pito y tambor anunciando al mundo que ella satisfizo, en el mejor de los casos, una necesidad fisiológica y él satisfizo a un grupo de mentes pueriles: sus amigos. Esto termina por inhibir la práctica del sexo, fastidiando al próximo que tenga una oportunidad.

Pero, al final, es importante entender que la comida y el sexo son necesidades, están inmersas en el significado de la vida humana y sobrescriben la interpretación de la sociedad, porque de una u otra forma, tarde o temprano, todos buscarán satisfacerlas. Como consecuencia, el amor es el camino más sencillo al sexo, así como el hambre es el más honesto a la comida. En ambos casos, todos buscamos lograr un objetivo y que, en el intento por conseguirlo, tengamos las menores pérdidas.

Capítulo 1: El restaurante

La apertura

La apertura de un restaurante es un suceso muy importante, tanto para quien emprende el negocio como para los comensales, porque iniciar una aventura de esta envergadura es, sin duda, la culminación de un proceso de aprendizaje y esfuerzo finalmente recompensado. Para los comensales, por otra parte, es una alternativa más para visitar e, idealmente, disfrutar. Sin embargo, como todo inicio, estará plagado de errores, aciertos, sorpresas, alegrías y sin sabores que, si son bien administrados, llevarán a la experiencia y, con el tiempo, al éxito. De otra forma, se convertirán un cúmulo de fracasos que llevarán al propietario a cerrar y quizá a retirarse del negocio para siempre. Así, en el sexo, el inicio es el inicio y, por mucha teoría previa que se haya revisado, el resultado, en la mayor parte de los casos, será lejano al imaginado, porque el mapa y el camino normalmente no se parecen en nada. Pero, quien no se rinda y continúe en la incesante búsqueda del placer encontrará, seguramente, más de una vez, la recompensa a su esfuerzo, paciencia y constancia.

Mi primera vez fue algo maravilloso aunque, tristemente, sólo fue maravilloso en mi imaginación. Yo tenía unos 15 años, lo que me hacía poco más joven que ella, sin embargo, para esas fechas yo ya no era virgen, no, no lo era, en mi imaginación, pero no lo era. Tampoco en la de mis amigos, ni de la fémina, porque yo, mis películas pornográficas y mi fecunda imaginación habían logrado inventar tal cantidad de historias, que todos pensaban que yo era un experto. Incluso yo. Ella me había dicho que era virgen, no lo sé, pero tampoco puedo dudar. Fue demasiado fácil, teníamos un par de meses de noviazgo y yo se lo había estado pidiendo desde el primer día de nuestra relación, utilizando cualquier clase de chantajes y mentiras que podía concebir mi ávida mente pueril, alimentada por mi deseo de tener sexo por primera vez. Fue cuando comprendí la frase: Miente hasta llegar a la cama.

Por fin, una noche, accedió. Yo la fui a visitar con el pretexto de entregarle, como regalo, el disco de Cyndi Lauper con el éxito del momento: *Time after time*. Una vez dentro de su casa, decidió que lo escucharíamos y, mientras la música sonaba, comenzamos a manosearnos en la sala de estar, aprovechando que ella estaba sola ese día. Después de una sesión de intensos toqueteos, logré convencerla que subiéramos a la habitación de sus padres porque tenían la cama más grande y, una vez dentro, mientras la besaba, le solté el botón de los pantalones cortos que, inmediatamente cayeron al piso, seguido de las braguitas, ella levantó los pies para liberarlos y se botó los zapatos deportivos, conservando las calcetas blancas cortas. Me solté el pantalón y lo dejé caer junto con los calzoncillos para después, con torpeza, aflojarme los zapatos sin dejar de besarla. Una vez liberadas las partes bajas, la empujé hasta el borde de la cama con la intención de que se sentara y me hiciera sexo oral, porque mi mente, con base en horas y horas de películas pornográficas, había construido su imagen chupándomelo antes de penetrarla, sin embargo, ella me tenía sujeto por el cuello con los brazos y, al sentir el borde en las pantorrillas, se fue recostando suavemente sin soltarme al mismo tiempo que me besaba, una vez que yo estaba sobre de ella, abrió las piernas permitiéndome llegar al umbral de su ávida vagina con mi neófito y completamente erecto pene, que sintió por primera vez esa única mezcla de calor y humedad, entonces, mientras la besaba torpemente, decidí dejar para la eyaculación mis deseos de sexo oral y empecé a intentar penetrarla.

Desafortunadamente fue sólo eso, un intento, porque el proceso se complicó con la suma de diversos factores que yo no había considerado. La resistencia que ofrecía su vagina, sumada a la excitación de mi primera vez, me llevó a experimentar los cosquilleos previos a la eyaculación al momento de iniciar, entonces, con el conocimiento que dan horas de masturbación, reaccioné con celeridad distrayendo mi mente, sin embargo, ella comenzó a jadear muy suavemente y, también, a decir que le dolía y que me amaba. No podía ser peor, yo sentía que explotaba y, cuando pensé que lo estaba controlando, sentí llegar la eyaculación a toda velocidad.

—¡No, por favor! —fue todo lo que acerté a decir y, al instante, moví mi pene a la mayor velocidad, por el principio del coito *interruptus*, eyaculando sobre el edredón de la cama de los padres.

¡Oh vilipendio! ¡Qué vergüenza! Duró tan poco que yo no lo podía creer. Yo, el inexperimentado, que hasta había pensado que ella me haría sexo oral para eyacular, a la luz de lo acaecido, no hubiera tenido capacidad de aguantar ni siquiera que me lo mirara de frente. Probablemente ni de soslayo.

—¿Qué te pasó? —Me preguntó.

—Ya me voy —Respondí, con vergüenza mal disfrazada de normalidad. Entonces, me levanté y comencé a buscar mis pantalones con rapidez. Yo, que había dicho que era el experto, resulté muy por debajo de lo esperado, no sólo para ella, sino para mí mismo. Incluso, he tenido duda de si habrá algún récord Guinness a la eyaculación más rápida o, lo que es peor, el coito más corto de la historia. Seguro que le gano a cualquiera.

—¿Ya habías tenido relaciones antes? —Preguntó ella, sentada a la orilla de la cama, cuando ya ambos nos habíamos acomodado los pantalones.

—No te voy a responder a eso... —Fue todo lo que atiné a decirle. Claro que había tenido relaciones antes, con mi almohada y gracias a mi fecunda imaginación.

Salí de su casa y me fui rápidamente a la mía a reflexionar, porque me fue imposible dormir en toda la noche. Al día siguiente, reunido con mis amigos decidí reclamar el campeonato y, gracias a mi fértil imaginación, comencé a decir tal cantidad de idioteces que me ganaron el título de conquistador y a ella el de piruja, sin embargo, ambas reputaciones eran una mentira pero, ¿qué importaba? Había pagado el precio de la fama con la moneda de la injuria, perjudicando a esta muchacha al mentir a mis amigos, quienes se encargaron de propagar mis falsas hazañas a los cuatro vientos.

Aunque con ella hubo un par de encuentros sexuales adicionales, al paso del tiempo nos dejamos de ver, porque las pasiones tempranas se extinguen así, tempranamente. Sin embargo, con la edad, comprendí mis errores, porque experimenté por ella sentimientos que me han hecho tenerla presente toda mi vida, como la gratitud por haber sido la primera y la vergüenza de mi conducta tan estúpida, tan infantil, tan masculina, tan normal.

El restaurante de moda

Para un restaurante, estar de moda es lo mejor que le puede suceder. Sin embargo es importante entender que la moda es eso, moda, tiempo que se encapsula y que funciona, pero no para siempre. Cuando una emprendedora o emprendedor en la industria de la gastronomía y la hospitalidad decide iniciar operaciones, su máxima ilusión será que su restaurante esté en boga, sea reconocido y esté concurrido todos los días, pero debe tener en cuenta que sea lo que sea, algún día dejará de ser. Por ello es fundamental iniciar pronto y aprovechar al máximo el éxito mientras dure. Dicho de otra forma, en la moda es importante siempre ser el primero en entrar y el primero en salir.

En el sexo también es muy importante iniciar lo antes posible, porque está sujeto a un plazo perentorio, haciendo indispensable aprovechar el tiempo que tenemos en nuestras vidas para su práctica. Sin embargo, pareciera que existe una ley que obliga a una espera indeterminada y, eventualmente, inútil para poder iniciar, pero ¿cuál es el problema? ¡Por qué esperar? Si el sexo es lo más normal y nadie va inventar nada nuevo, es decir, cualquier cosa que hagan, sépanlo de una vez, ya alguien más lo hizo y lo disfrutó. Y aunque es una tristeza desperdiciar valioso tiempo en ofrecer objeciones necias, cuyo único fin es postergar el placer, afortunadamente, como decía mi abuelita, quien porfía mata venado.

En ese momento, como la medianía de la juventud obliga, estaba que me explotaba el pene: manoseándome y sobándome con una chica, en el cuarto de televisión de su casa, mientras sus padres estaban de paseo. Desafortunadamente, era sólo por encima, porque ella era como la típica señora que tenía los muebles de la sala cubiertos, para que no se empolven, y sólo los descubre cuando hay visitas, pues igual esta muchacha, tenía un cuerpo que prometía pero lo mantenía cubierto para conservarlo impoluto. Yo, fiel a mi estilo, le suplicaba que tuviéramos sexo argumentando que ella lo disfrutaría mucho y, evidentemente, yo también, sin embargo, ella respondía que quería esperar. Al escuchar esto, pensé, ¿esperar? ¿Qué? ¿Veinte minutos? ¿Excitarse más? ¿A qué lleguen sus padres? Yo estaba muy joven todavía y, a pesar de que ya había tenido mis afanes, no podía entender que ella no deseara lo mismo que yo, que me dijera que, al ser su primera vez, quería que fuera algo especial, no un aterrizaje en el sofá de la sala de televisión, con alguien de su edad que parecía sólo tener interés en el sexo −en realidad no parecía, sólo quería tener sexo con ella.

Sin embargo, el destino fue benévolo conmigo y al paso de tres meses de relación y largas horas de súplicas, chantajes y mentiras, por fin, un día, al regresar de una fiesta, estacionados afuera de su casa y al calor de los besos, logré tocarle el monte de Venus, en aquel viejo Volkswagen color blanco que mis padres me prestaban algunas veces. Al día siguiente, hablando por teléfono de lo sucedido la noche anterior, aceptó ir a un hotel para que finalmente tuviéramos sexo. Cuando llegué por ella me pareció la más encantadora de todas porque estaba vestida con ropa deportiva, seguro que pensó que sería lo más práctico. Qué linda. Una vez dentro del automóvil, encendí la casetera buscando relajarnos, hablar de tonterías y que ella perdiera de vista lo que pasaría, evitando la posibilidad de que se arrepintiera, pero también tranquilizarme, porque estaba nervioso, muy nervioso. En ese instante, en aquellas viejas bocinas, se escuchaba *Nena* de Miguel Bosé.

Ya en el hotel, dentro de la habitación, me hizo apagar la luz y cerrar las cortinas completamente, sólo el leve resplandor del cuarto de baño que se filtraba a través de la puerta casi cerrada, me permitió ver poco a poco su desnudez, sus senos, sus piernas, sus nalgas, sin embargo, no podía ver sus facciones ya que su cabello rizado caía por ambos lados de su rostro, fue fascinante sentirla experimentar vergüenza por su cuerpo desnudo, por entregarse, por que yo la tocara, la usara. Después de desvestirla, hice lo propio y, una vez desnudos, sobre la cama, la besé suavemente y me puse encima, de tal forma que sintiera mi pene sobre su vientre, acaricié sus senos, besé sus pezones, pasé mi lengua por ellos y jugué con la punta, mientras estos vencían la vergüenza inicial y comenzaban a saludarme. Entonces comencé a bajar hacia su vagina... quería lamerla para evitar fricciones excesivas por falta de lubricación, producto de los nervios durante la primera penetración pero, en ese momento, como activada por un resorte, intentó detenerme, presionando sus manos contra mi espalda, tan pronto como descubrió mis intenciones, y, además, me espetó un No, seco y temeroso. Subí y le dije suavemente que lo disfrutaría mucho, que yo quería hacérselo más que nada en el mundo, que la había deseado tanto desde el momento en que la conocí, que la amaba y, entonces, la besé, intensamente, pero sin atascar mi lengua dentro de su garganta, sólo un poco, fugaz, breve, después, bajé nuevamente, esta vez, me acompañaron sus manos sobre mi espalda y después la cabeza, como si fueran un par de centinelas de sus temores. Pasé mi lengua sobre los labios mayores y noté la reacción inmediata, busqué los menores y la reacción fue violenta, se alejó, entonces muy suavemente jugué un poco con el clítoris para después regresar al interior donde, esta vez, fui bien recibido. Después de un poco, subí y me posé sobre de ella, apoyando mis rodillas y codos contra la cama para no ejercer demasiado peso, lentamente abrí sus piernas empujándolas con las mías, de tal forma que me permitiera aproximar lo más posible mi pelvis, y comencé a intentar penetrar, suave, despacio, difícil. De verdad que era virgen, su cuerpo reaccionaba a todo como si fuera una sinfonía de emociones, dolor y miedo, sin embargo, seguí empujando, suave pero firmemente, un poco atrás y luego de nuevo adelante, al final, una vez adentro, le dije que la amaba y que era la mujer mas bella que yo había conocido. Ella sólo jadeó en respuesta, al tiempo que comencé a moverme despacio, atrás, adelante, no demasiado adentro, no demasiado afuera, hasta que ella comenzó a incorporase al ritmo de la actividad, entonces, me abrazó y, entre jadeos, me dijo que me amaba y me pidió que no la dejara nunca. Seguí penetrándola, suave pero firme, constante, al tiempo que yo percibía que aumentaba su excitación, pero no parecía que fuéramos a llegar al orgasmo, a pesar de escuchar algún gemido, pensé que ella no estaba lista para recibir el éxtasis de su vida, entonces, comencé a sentir que ella me apretaba más fuerte con las manos la espalda, como dando muestras de incomodidad o dolor, le pregunté si todo estaba bien, ella respondió que le dolía un poco y que se empezaba a sentir incomoda. Confirmé mis sospechas... lo habíamos perdido.

La dejé descansar en mis brazos, era lindo tenerla a un lado, desnuda y completamente mía. Cerré los ojos para disfrutar su olor mientras pensaba lo mucho que me divertiría con su cuerpo y, sobre todo, con su boca una vez que terminara su proceso de educación. Antes de que pudiera decidir si intentaría una segunda vez ese mismo día, ella me interrumpió buscando mis labios y moviendo su cuerpo junto al mío de forma excitante, torpe, pero excitante; entonces la besé y, después de unos minutos, me posé nuevamente sobre ella y se lo metí con suavidad pero no por completo, no levanté sus piernas, para poder hacer presión sobre el clítoris y evitar una penetración profunda, que suele ser más apropiada para mujeres con más horas de vuelo. No quiso hacer más posiciones ese día, y sólo así, estando yo sobre ella, moviéndome lentamente, mientras sentía espasmos en su cuerpo, emitió un gemido más intenso. En ese momento, le dije que la amaba, que la necesitaba, que era lo único importante en mi vida, ella me abrazó tan fuerte como le fue posible y, entonces, llegó... abrupto, breve, único... el primero.

Me quedé sobre de ella abrazándola, queriéndola, disfrutándola y robándole un poco de algo que le pertenecía, quedando para siempre dentro de su álbum de recuerdos, en ese instante único de su vida. Yo me acomodé a su lado y la abracé, le dije cosas dulces al oído, ella respiró hondo en mis brazos. Después de unos minutos preciosos, estando los dos desnudos en la penumbra, se separó, fue al cuarto de baño de la habitación y, sin cerrar la puerta, me pidió su ropa, se la entregué sin entrar y, mientras ella se vestía, aproveché para masturbarme. Cuando salió, ya vestida, entré al baño y cerré la puerta. Me acicalé, vestí y, finalmente, giré la perilla para salir sin que ésta ofreciera ninguna resistencia, pero sin que se abriera la puerta. ¡¿Por qué, en el nombre de Dios, me pasan estas cosas a mí?! Vaya complicación: ella sola, recién desvirgada, en la habitación y yo encerrado dentro del cuarto de baño de un hotel. Esto no estaba planeado así. Con mucha calma intenté arrancar la puerta pero, ante mi evidente fracaso, sumado a que ella se estaba desesperando por el estentóreo ruido que yo hacía en el intento por salir, decidí confesarle la situación. Dudándolo mucho, llamó a una camarera quien, amablemente, llamó al intendente y esperó en la habitación hasta que éste abrió la puerta, después de quitar la chapa. Una vez libre, realmente avergonzado, di algunas propinas y salí con ella del lugar. Fuimos a cenar y, estando en territorio seguro, reímos al recordar lo que nos había pasado. Su risa, mientras sus manos sostenían la hamburguesa a medio comer, es una imagen que guardo en mi corazón.

Al pasar de los días fuimos mejorando con práctica y dedicación y, al cabo de varias veces le pedí que me hiciera sexo oral, a lo que ella accedió, con algo de esfuerzo y paciencia de mi parte. La segunda o tercera vez que me lo chupó, antes de comenzar, mientras lo sujetaba con la mano, lo miró un segundo y, con tono de honesta curiosidad, preguntó: ¿Son todos iguales? Vaya pregunta, pensé, como si yo hubiera visto otros penes además del mío, sobre todo con ese nivel de detalle, aunque es verdad que en las películas porno sí vi algunos, honestamente, no era el momento para reflexionar sobre el tema... le respondí que no lo sabía, que suponía que variaban en cuanto a tamaño, curvatura y que, además, algunos no estaban circuncidados. Sólo hizo una exclamación en tono de conformidad y, entonces, lo introdujo en su boca y comenzó a moverse atrás y adelante, mientras yo la miraba en el espejo de la sala de su casa. Se veía linda, en uniforme escolar, dando placer a su novio hasta que éste eyaculara en su boca. Me parece que con el tiempo llegó a disfrutarlo, porque ella misma lo buscaba como parte del acto; incluso muchas veces lo hacía sin esperar tener orgasmos a cambio. Además, después de un tiempo, comenzó a usar la lengua para estimular el glande cuando lo tenía dentro de la boca, técnica que seguro aprendió después de horas de leer la Cosmopolitan.

Aunque ella me daba mucho placer, los dos estábamos muy jóvenes para entender lo que un *Siempre* significa y, muy pronto, ambos encontramos nuevos horizontes. Ella me rompió el corazón cuando, al enterarse que yo salía con otra chica, no me quiso perdonar y, al poco tiempo, comenzó a salir con un muchacho mayor que nosotros, que ella conocía de tiempo atrás. A todos nos rompen el corazón alguna vez, sólo que a mí fueron muchas, creo que por eso, después de esta primera vez, fue inteligente de mi parte instaurar como regla general actuar como si nada hubiera pasado. No demostrar nada, aunque por dentro el dolor fuera sempiterno e insoportable, me hacía aparentar ser insensible, pero me permitía sobrevivir, hasta que el eterno dolor se dispersaba en el momento en el que me enamoraba de nuevo. Lo que me enseñó que la única forma de evitar el dolor es amar a una mujer.

La fachada

A un restaurante de reciente apertura solemos juzgarlo por la fachada. El concepto, la tendencia, los detalles y el diseño arquitectónico exterior son fundamentales para llamar la atención, que los comensales quieran saber qué hay en el interior y, una vez dentro, quieran probar las delicias que se ofrecen. Cuanto más impactante sea la fachada, más personas querrán visitarlo y vivir la experiencia. Así, la apariencia de un hombre y lo que las mujeres comentan de él, es como la fachada de un restaurante: todas quieren saber lo que hay detrás, todas quieren vivir la experiencia. Por esta razón, más de una vez, podemos ver a una mujer interesada en el novio de su amiga, prima o hermana, derivado de los comentarios que las mujeres acostumbran hacer entre sí, presumiendo la pericia que el galán detenta en la cama.

En una ocasión, gracias a la buena recomendación de una joven que, sin ser mi novia, resolvía sus problemas de estrés en mi cama, me hice acreedor a una buena fama, que me consiguió sexo con una de sus prima, que se las daba de la mujer maravilla del sexo. Tristemente, comprobé que, si bien era hermosa, blanca de cabello castaño, aplicaba una técnica descrita como: tómame soy tuya, lo que someramente significa que ella coopera poniendo el cuerpo, porque el esfuerzo lo tiene que hacer el hombre. No escribiré que fue la peor experiencia sexual de mi vida, pero sí terminé extremadamente fatigado y no logré cumplir las expectativas creadas porque, tal vez, la joven, que se acostaba conmigo, exageró un poco.

Emocionado me encontraba en su casa, un día entre semana antes de mediodía, para finiquitar lo que ya habíamos concertado furtivamente, aprovechando que su casa estaba sola. Antes de iniciar, me ofreció algo de beber, yo acepté una cerveza Corona y ella tomó una Coca-Cola. Subimos y al entrar en su recámara escuché, en el radiocasete de la habitación, *Signos* de Soda Estéreo.

Entonces, todo sucedió rápidamente, se quitó el pantalón mientras yo la besaba, me ayudó a desvestirme, a ponerme el condón, se untó un poco de Vaselina y, luego, cooperó abriendo las piernas. Fue una entrada rápida, con la técnica de penetración total a fondo, sosteniendo sus piernas con mis antebrazos y, una vez dentro, comencé apretar lo más fuerte que pude, sin lograr mayor satisfacción en ella, después se volteó, se acomodó a gatas y la penetré por la vagina, permitiéndome ver como sus nalgas golpeaban contra mi pelvis cada vez que la jalaba hacia mí, provocándome mucho placer y, al parecer, también a ella, sin embargo, tampoco estábamos logrando algún hito en la historia del sexo, lo que me llevó a que mi orgullo comenzara a traicionarme, haciéndome imprimir mayor velocidad a mis movimientos, sin conseguir nada más que cansarme y aproximarme al orgasmo que llegó, sin que yo hiciera nada para evitarlo, porque, además de muy excitado, yo ya estaba falto de aire. Mal, porque ella todavía no había logrado el éxtasis. Peor, porque mi reputación estaba en juego. Entonces se volteó, me miró, sonrió y dijo

—¿Qué te pasó? —¡Vaya pregunta! ¡La debacle!—. Me sentí tan avergonzado por todo.

—Es que anoche me desvelé... —¡vaya explicación que le ofrecí!—. Entonces, se separó de mí, se dio la vuelta y mirándome de frente, después de inspeccionar mi pene, me preguntó si me gustaba el sexo oral, a lo que yo emocionado respondí que sí y, entonces, me pidió que la ayudara a terminar así. Honestamente, aunque no me gustara hacerlo, que no era el caso, lo menos que podía hacer por ella, para salir de esta situación lo más decorosamente posible, era usar mi lengua y dedo índice para ayudarla a terminar. Las vaginas tienen sabores parecidos, sólo cambian en intensidad y grado de acidez, que puede ser consecuencia de la raza, alimentación, hábitos de higiene y, sobre todo, la etapa dentro del ciclo sexual femenino; ésta en particular tenía un sabor fuerte, aunado al látex, la vaselina y el sudor natural que se produce en las ingles, lo que hubiera podido ser normal salvo porque ella, ese día, estaba menstruando. No puedo negar el hecho de que yo eyaculé antes de tiempo y, por tal motivo, estaba obligado a cumplir, porque es sabido que, en los menesteres del sexo, la muerte antes que la deshonra y mi título estaba en juego, sin embargo, esto era poco agradable. Una vez que ella tuvo su orgasmo, entré al cuarto de baño a enjuagarme la boca con agua, liberándome de la mezcla de sabor a óxido, sal y látex que sentía, luego, regresé a vestirme y bebí el último trago de cerveza que ya estaba algo caliente, mientras ella me miraba con curiosidad. Me despedí, ella me acompañó a la puerta, nos despedimos nuevamente y, una vez afuera, me alejé lo más rápido que me fue posible.

¿Qué puedo agregar como conclusión? La buena reputación es un regalo bien envuelto y todo el mundo quiere saber lo que contiene; pero si el contenido no es lo que se espera, la decepción equivale a más del doble de la correspondiente por no haber tenido el regalo. Matemáticamente, la reputación es directamente proporcional al desempeño e inversamente proporcional al cuadrado de la decepción o, lo que es igual, expresado en la siguiente ecuación:

$$\text{Reputación} = \text{Desempeño} / \text{Decepción}^2$$

Así el sexo, cuando una persona crea demasiadas expectativas deberá estar listo para cumplirlas, de otra forma será frustrante; además, nunca perder de vista que, como regla general, un cliente satisfecho regresa.

Nunca la volví a ver.

El layout

La planeación de la distribución de las mesas de un restaurante, el *layout*, es fundamental, porque siempre habrá algunas mesas que se vean favorecidas por la vista, la cercanía con las amenidades o la lejanía del área de sanitarios y la entrada. Sin embargo, el número de mejores mesas es finito y es muy importante, en días de alta afluencia, tener siempre una reservada para un comensal especial, que no conocemos pero podría resultar ser una personalidad o alguien que realice un consumo elevado. Esto justifica reservar una mesa para alguien que no sabemos quién es y que no podemos saber si llegará.

Esto mismo sucede con la virginidad, porque todavía existen señoritas que te chupan el pene o, incluso, lo reciben por detrás, sólo para mantener la vagina sin estrenar, en espera de que llegue el hombre ideal que las lleve al altar y, después, las desvirgue. Aunque no sepan quién es, cómo es o cuándo llegará. Ahora, honestamente, una mujer no puede ser virgen cuando la han puesto a gatas y se la meten por el ano, mientras ella descubre que ya necesita hacerse manicura. Ni quien mientras le chupa el pene al novio se concentra en no dejar color de labios en la cremallera, para que la futura suegra no piense mal de ella.

La virginidad no es un territorio por conquistar, sino que es una combinación de posibilidades. Uno se puede encontrar, por ejemplo, a una mujer que no ha tenido sexo físico pero sí psicológico, es decir, la mujer que desea y está consciente de su naturaleza sexuada y para quien el sexo es una necesidad, pero que considera que no ha llegado el efebo que sea capaz de seducirla o afortunado de encontrarla en el momento ideal, pero está que explota. Por otro lado, es posible encontrar mujeres que su cuerpo, o al menos algún orificio, ha sido utilizado por algún o algunos hombres, pero que ella aún no termina de perder el pudor, la vergüenza o, peor aún, no ha tenido mayor placer, es decir, no ha tenido orgasmos, haciendo que el sexo sea un costo en su relación de pareja.

Una vez definidos los dos tipos básicos de vírgenes, encontramos una matriz de dos por dos:

1. Virgen, física y psicológica, rara y en extinción
2. Virgen física pero no psicológica, en estado de súplica
3. Virgen psicológica pero no física, muy normal hasta los treinta
4. No virgen, ni física ni psicológica, común denominador después de los treinta

Yo conocí a una chica que pensaba en mantener su vagina intacta, hasta el día de su matrimonio, pero su mirada concupiscente la delataba. Decidí entonces invertir en su educación y con paciencia, perspicacia y poesía la eduqué para que me lo chupara. Debo decir que lo hacía bastante bien, como a mí me gustaba, pero no le fascinaba que eyaculara en su boca, aunque lo aceptaba dependiendo de donde estuviéramos, en el automóvil, por ejemplo. Así que tuvimos que pasar por varios intentos hasta que superó el dolor y, después de chupármelo durante un par de minutos, lo recibía por el ano hasta que yo eyaculara. Honestamente, su proceso de educación me llevó tiempo pero redituó la inversión, porque me excitaba mucho cuando estaba con ella y, después de un largo proceso, logré que me satisficiera por completo.

Creo que fue importante que fuera integrando todos los elementos poco a poco, en vez de pedirlo todo desde el principio. Por ejemplo, primero me preocupé por eyacular plenamente, antes de hacerla decir las frases que más me excitaban, también creo que fue importante hacerlo durante la práctica y no con tediosa teoría. Sin embargo, nunca logré entender por qué se entregó con tanta facilidad al juego de egoísmo al que la sometí.

Quizá por eso nunca la logré olvidar y, durante muchas noches, ella regresó a mi mente para que yo utilizara mis recuerdos, de nosotros juntos, para ayudarme a superar mis momentos de estrés y soledad. Después de un tiempo, la fui perdiendo de vista, salvo cuando escuchaba, por alguna extraña razón, *Dancing barefoot* de Patti Smith.

Estando solos en su casa, me bajé el cierre para que ella me lo chupara y, además, me lo dejara bien lubricado para, después, usar su ano para eyacular. Como esta dinámica ya la dominaba, decidí que había llegado el momento de ir al siguiente nivel e incorporar algunas frases, así que, mientras ella ya sostenía mi pene con la mano y su boca se aproximaba a él, le pregunté

—¿Qué vas hacer?

— Te voy a besar —respondió.

—No, ¿cómo se dice? —le indiqué

—Te voy a dar una mamada —y se lo metió en la boca.

—No, ¿qué estás haciendo? —contesté

—Te lo estoy chupando —respondió tras sacarlo de su boca.

—¿Te gusta chupármelo? —A lo que sólo respondió —mmmj— por razones obvias.

Luego, después de un rato, la detuve y ella, con prontitud, se lo sacó de la boca y se dio la vuelta acomodándose a gatas sobre el sillón. Le subí la falda, le bajé las bragas, dejé caer un poco de saliva y con mi dedo índice aflojé con suavidad su esfínter, para dar paso a mi pene presionando, lenta pero firmemente, con el glande en su ano hasta lograr penetrarla y una vez dentro, sintiendo el calor que dicha parte proporciona, llegué hasta lo más profundo y, con sus nalgas recargadas en mi pelvis, me comencé a mover para atrás y para adelante, sujetándola por las caderas con ambas manos llevándola a mi ritmo, como a mí me gustaba, primero despacio y después, ya próximo a la eyaculación, rápido, logrando para mí el máximo placer posible. Mientras yo la disfrutaba, le pregunté —¿Qué te estoy haciendo? —Al ser la primera vez que le preguntaba me contestó, en un tono de duda, jadeando

—¿Me estás haciendo el amor?

—No ¿Qué te estoy haciendo? —Insistí.

—¿Me estás...aajj!... cogiendo?

—¿Qué te estoy haciendo? —Insistí nuevamente.

—Aajj..¿me lo estás metiendo...? —Respondió entre jadeos y con tono de duda.

—¡Sí! —respondí y le ordené que me lo pidiera, entonces ella, entre jadeos y pujidos aullaba —¡Métemelo! ¡Métemelo!

Al comenzar a escucharla me excité mucho, tanto, que poco tiempo me llevó eyacular a plenitud. Una vez que terminé completamente de disfrutar el placer excelso que me provocó, dejé de moverme y guardé silencio, pero mantuve mi pene dentro unos segundos más de lo necesario, para escurrir lo último de mi semen en sus intestinos y, una vez que consideré había salido todo, comencé a extraérselo lentamente.

Pienso que esto le resultó un poco humillante, porque, cuando ya se lo había sacado por completo, se incorporó. Se acomodó la ropa lo más rápido que pudo y, sin dejar de darme la espalda, se dirigió al cuarto de baño a lavarse sin decir nada. Después de ella, entré yo para hacer lo propio y cuando salí ya me esperaba en la sala, sentada, actuando como si nada hubiera pasado. La invité a cenar, porque yo tenía mucha hambre y, además, me gustaba escucharla, no sólo jadear, también su forma tan ingenua de interpretar la realidad. Era evidente que yo la disfrutaba mucho, que me parecía fantástico quitarme las ganas con ella pero, como siempre digo, la abundancia hace tontas a las personas y la juventud te hace ver como fácil lo atípico así que, un día, después de una serie de errores de mi parte, ella, unilateralmente, decidió no verme más y yo, torpemente, no hice nada por recuperarla.

Con ella aprendí que la inversión en educación, enseñanza-aprendizaje de la técnica, proceso y ejecución, es directamente proporcional al placer que obtienes. Sin embargo, en este caso, como consecuencia del tiempo que le dediqué, después de que me dejó, yo la añoré mucho tiempo y no logré descansar hasta encontrar, en otra mujer, el placer egoísta que yo estaba acostumbrado a recibir. A la fecha, siempre que la recuerdo me asaltan una serie de dudas. ¿Cómo lo hará con su marido? ¿Sólo por la vagina? ¿Utilizará todos sus orificios? ¿Su marido estará complacido con ella? Ojalá que algún día pueda saberlo.

El emprendedor

Entrar al negocio de los restaurantes es fácil. Sí, sólo necesitas dinero que puede ser propio, de un banco o de inversionistas. Sin embargo, salir vivo de la aventura, que significa abrir uno, es mucho más complicado. Puedes perder tiempo, dinero, amistades y, también, prestigio, porque en los negocios fácilmente puedes pasar de ser un genio a un tarado o un ratero. Por lo general, iniciar algo es más fácil que terminarlo, así, entrar en la vida de una persona es fácil, salir de ella es muy complicado. Sin embargo, saber despedirse es algo que se aprende con el tiempo... es un arte. Porque lo difícil no es inventar algo que justifique irse, es lograr que la otra persona lo acepte, sobre todo cuando ya te ha dado muestras de interés o deseo.

Recuerdo que en mis años mozos invité a cenar a una chica a la que yo le gustaba, sin embargo, no sabía hasta dónde estaría dispuesta a llegar. Seleccioné un lugar de precio elevado para mi modesto presupuesto de recién egresado, con la idea de quedar bien con ella y ahorrarnos algunos días de cortejo yendo directamente al plato fuerte, esto evidentemente era por eficiencia, ya que varias salidas a la larga representan un mayor gasto que una sola de alto precio. Cuando llegamos, la *hostess* amablemente nos condujo a la mesa y ofreció primero una carta a ella y otra después a mí. El capitán llegó a saludarnos y ofrecernos un aperitivo. Después, nuestro experimentado mesero se acercó y se percató de que yo intentaba impresionar y dedujo, por mi edad, que yo era neófito en el tema de la enología, por lo que tomó ventaja de la situación, ofreciéndome una botella de vino delante de ella, quien, ilusionada, me miró de tal forma que sólo pude decir que sí. Evidentemente imaginé que el precio de la botella sería elevado, pero cuando comenzó a ofrecer diferentes alternativas, por vergüenza, no pregunté el precio y resistí estoicamente dando la apariencia de mucho conocimiento en vinos, mucho interés en ella, mucho dinero o cualquier combinación de estas alternativas, siendo todas falsas. Durante la cena, hablamos de muchas cosas, mi plan de vida, el de ella, su idea de viajar por el mundo y la mía de conseguir un buen empleo para comprar un apartamento de soltero. Compartimos el postre, porque a mí no me gusta mucho el dulce y, sobre todo, porque no quería correr riesgo de no poder pagar la cuenta. A punto de terminar de comer el postre ella me ofreció un poco con su cuchara, entonces, me aproximé para comerlo y, con habilidad, aproveché la cercanía para besarla furtivamente. Finalmente, pedí la cuenta y, una vez que la trajeron, tuve mucha precaución de que mis ojos permanecieran en su lugar y que ningún comentario me traicionara, porque el monto total, con propina, era prácticamente mi sueldo de un mes. Así que mientras pagaba, pensaba en lo que tendría que hacer para comer hasta el siguiente día de paga. Salimos del restaurante, caminamos a mi modesto y muy usado automóvil. Abrí la puerta para que entrara, luego di la vuelta, entré, encendí el estéreo que comenzó a tocar *Nothing compares 2 U* de Sinead O'Connor.

Una vez en camino, sucedió lo mejor, porque ella me quiso mucho. Nos detuvimos en alguna calle, nos comimos a besos y nos sobamos todo. Yo le propuse ir a un motel porque la zona era poco ideal, pero ella se rehusó diciendo que tenía poco tiempo. Mejor no pudo haber sido, porque, entonces, entre besos, me bajó el cierre y con su mano, cuidadosamente, sacó mi pene que ya estaba muy erecto, luego volteó con concupiscencia a todos lados para ver si alguien nos veía y, al ver que no, se agachó, metió mi pene en su boca y comenzó a subir y bajar al mismo tiempo que con su mano secundaba el movimiento. Después que ella llevaba unos minutos chupándomelo, mientras yo la sujetaba por el cabello, comencé a sentir la llegada del orgasmo y ella, al darse cuenta por mis suaves exclamaciones, aceleró el ritmo hasta que llegué al éxtasis y eyaculé en su boca. De esa forma, ella tuvo dos postres, por fortuna, sólo tuve que pagar uno, porque el gasto en el restaurante había sido obsceno. Finalmente, ella esperó unos segundos con el pene en la boca para quedarse con todo el semen, lo que fue lindo de su parte porque el semen mancha la ropa y, en algunos textiles, es difícil de quitar. Una vez concluido, se levantó y me besó, yo lo acepté a penas porque nunca me ha dado curiosidad conocer el sabor del semen, aunque éste fuera mío, luego ella se reclinó sobre el asiento del copiloto mientras que yo inicié la marcha. Llegamos a su casa, yo no pude bajarme para abrir la puerta porque tenía el pene de fuera y todavía algo duro, ella me dijo que no me preocupara y que nos veríamos pronto, me besó en la mejilla y se bajó.

Como era mi costumbre, no hubo un mañana, mil cosas pasaron y no la volví a ver, pero nunca tuve la valentía de despedirme, no sabía cómo decirle que no la vería más después de eyacular en su boca, así que, simplemente, no la volví a buscar. Algunos años después, un día de verano, caminando por la calle, la vi comiendo en la terraza de un restaurante. Fue maravilloso verla y honestamente me dio mucho gusto, razón por la que, sonriendo, intenté buscar su mirada mientras caminaba. Ella, que se veía muy bien, estaba con una amiga y al verme ignoró mi afable sonrisa, supongo que no me reconoció con los diez kilos de más, vestido de pantalones cortos y polo o, simplemente, nunca me perdonó el haberme marchado sin dar una explicación.

Ella me dejó como aprendizaje que decir adiós y marcharte, normalmente deja la opción de regresar, mientras que irte sin decir nada deja muchas dudas, que al paso del tiempo cierran la puerta para poder volver. Sin embargo, la evidencia empírica demuestra que, por lo regular, saber irse es mucho más complicado que saber llegar, así que dedicar tiempo a la práctica de las despedidas es menester de todo amante.

Razones para visitar un restaurante

A un restaurante puedes llegar por muy diversas razones: por su excelente cocina; por una recomendación; porque al pasar frente a él ves una plétora de comensales; porque tienes hambre y es el más próximo; y, también, por error. Puede ser que a través una serie de eventos no planeados llegues a donde no has estado antes, lo que hace que, sea cual sea el resultado final, hayas ganado. Al final, nadie sabe para quién trabaja y la vida es un conjunto de hechos concatenados que tienen un desenlace, casi siempre inesperado. De igual forma sucede en el sexo, al revisar el pasado y darte cuenta de que, en muchas ocasiones, terminaste en una situación lejana a la que pensaste o en la que deseabas estar y que, en la mayor parte de los casos, producto de tus decisiones, obtienes un resultado que no esperabas y que, a veces, tampoco sabes como recibir.

Una vez me jugaron una broma mis compañeros de trabajo, sabiendo que, al igual que al resto de los donceles de la oficina, a mí me gustaba la típica compañera guapa. Ella era alta, delgada, de cabello negro rizado y rostro atractivo, no era preciosa, pero en su conjunto llamaba mucho la atención porque, además, se sabía sacar provecho por la forma que tenía de arreglarse, de caminar y de hacerse notar. Como sucede en las oficinas, de ella se decían muchas cosas, lo curioso era que se rumoraba que ya había rechazado invitaciones del gerente y otros intrépidos, que fenecieron en el intento de llevarla a la cama. Como consecuencia del mito que se construyó en torno a ella, se desarrolló el caldo de cultivo idóneo para las bromas y los retos de los típicos machos de mi oficina, porque, por razones obvias, más de uno pensábamos en ella y, evidentemente, especulábamos sobre la posibilidad de invitarla a salir; sin embargo, parecía que ella no tenía mayor interés o, sencillamente, no era el momento. Entonces, dada la situación, mis alegres camaradas instrumentaron una mecánica para gastarme una broma, que consistió en pedirle a una compañera de otra oficina que me llamara por teléfono, fingiendo ser la chica guapa y diciendo que le encantaría conocerme, pero que por vergüenza no se había atrevido a hablarme en persona.

Emocionado, después de supuestamente haber hablado con la chica de mis sueños y a pesar de mis dudas sobre la veracidad, decidí ir a buscarla al día siguiente para invitarla a salir. No pude dormir esa noche pensando que sería la envidia de todos y que, además, podría divertirme mucho con ella y, sobre todo, con su boca. A la mañana siguiente en la oficina, mientras trabajaba, no dejé de vigilar el pasillo por el que ella tendría que pasar si se dirigía a cualquier lugar desde su cubículo. En un momento de suerte, la vi caminando sola por el pasillo, con una carpeta en las manos, rumbo al elevador y, sin pensarlo, dejé lo que estaba haciendo y corrí silenciosamente detrás de ella para entrar al mismo tiempo. En el elevador, solos los dos, aturdido por la dulzura de su perfume, frente a las dudas, exhibí mi entereza.

—Hola, ¿a qué piso vas? —Pregunté sonriendo.
—Hola, planta baja —Respondió ella, amablemente.

—¿Qué tal tu día?

—Bien, ¿y el tuyo? —Dijo ella sonriendo levemente.

—Bien —Entonces yo, viendo que quedaban pocos niveles para llegar a la planta baja, decidí actuar.

—¿Por qué no me habías hablado antes? —Pregunté.

—Pues no lo sé... supongo que no lo había pensado —Respondió ella con expresión dubitativa, pero sonriendo de tal forma que fui suyo.

—¿Qué te hizo decidirte? —Pregunté

—Tú me hablaste a mí —Contestó ella sorprendida y con curiosidad.

—Pero... tú me llamaste ayer —Dije en tono concupiscente.

—¿Yo? ¡Noooo! ¿A qué hora? —Exclamó cortés pero determinante.

—¡Qué imbécil!... —Espeté, mientras los colores me abordaban a tal grado que mi cara descompuesta, sin reparo alguno, hubiera anunciado a mis amigos de la oficina la feliz noticia de su victoria. Mis ojos, mostrando una mezcla de enojo y vergüenza, se perdieron por un instante en la imagen de los organizadores de la broma celebrando su victoria, riendo a rienda suelta, mientras yo les confesaba el rechazo y ridículo. Entonces, haciendo acopio de pundonor y coraje, pensando más en la venganza que otra cosa, regresé la mirada a ella.

—Mis compañeros me jugaron una broma —dije—. Sin embargo, saqué ventaja del momento y continué —Porque sabían que me moría por conocerte y se aprovecharon, pero, ¿te gustaría salir conmigo?

Ella, riendo como una niña pequeña, después de pensarlo un poco, asintió. Inmediatamente bajó del elevador, porque habíamos llegado a planta baja y yo, sin tener nada más que explicar y después de decirle que la buscaría más tarde, para que me diera su dirección, esperé hasta que la puerta cerró para oprimir el botón del piso en el que estaba mi lugar de trabajo. Yo estaba embelesado, porque, al final, todo había salido de maravilla y estaba seguro de que pronto la tendría de rodillas dándome placer porque, como augurando mi buena fortuna, al cerrarse la puerta en el elevador se escuchaba la versión instrumental de *Strangers in the night*, de Frank Sinatra.

A las pocas semanas, lo que hubiera sido tan divertido para otros lo fue para mí y mi vergüenza se convirtió en su envidia, porque logré llevarla a la cama. Aunque nunca les conté nada, lo que ellos suponían al vernos salir juntos de la oficina era más que suficiente para alimentar su ávida imaginación, si era verdadero o falso no importaba, porque ellos imaginaban que yo tenía algo maravilloso con esta chica.

Y sí... sólo era imaginación, porque la primera vez que aterrizamos en la cama, al notar mis intenciones, me dijo que no me haría sexo oral, que yo sí podía hacérselo porque le gustaba y que sólo tendríamos sexo de tipo normal. Me pareció egoísta por decir lo menos y, además, muy equivocado de su parte porque ¿qué es, en el nombre de Dios, sexo de tipo normal? ¿Cómo se hace? ¡¿De dónde sacan las mujeres estas ideas?! Es triste descubrir que el secreto más profundo de una persona son sus limitaciones. Sin embargo, decidí quedarme con ella un tiempo, porque no quería que mis compañeros de trabajo especularan sobre la razón del fin de la relación y, además, ella me gustaba mucho físicamente, por lo que decidí invertir un poco de tiempo y dinero, tratando de que entrara en razón y experimentara conmigo las alternativas al sexo de tipo normal. Por desgracia, la inversión en su proceso de educación rindió pocos frutos y, al paso de unas semanas, llegó a desesperarme porque cada vez que intentaba usar su boca o hacer algo de tipo anormal, argüía ideas laberínticas extrañamente sustentadas entre temas de higiene y moral, que ya desnudo y excitado en la cama era lo último que yo quería escuchar.

Debo escribir que, como en otras ocasiones, dejar de salir con ella fue fácil porque al poco tiempo cambié de empleo, lo que me brindó la oportunidad de no verla más porque, sin que yo estuviera molesto con ella, entendí que no llegaríamos a ningún lado, al menos no a uno que a mi me dejara satisfecho plenamente. A pesar de todo, es importante escribir que con ella aprendí dos cosas, la primera, que la escribió Einstein, fue la suerte favorece a las mentes preparadas o, en mi caso, las necesitadas. La segunda fue que para algunas personas, el sexo es como tener un automóvil súper deportivo y sólo conducirlo a baja velocidad.

Las recomendaciones

Recomendar un restaurante es algo que debes de hacer con cuidado, porque es necesario entender que lo que para uno es adecuado, puede que para el otro sea pésimo, espectacular o insignificante. Es muy fácil ir por el mundo dando recomendaciones y siendo dogmáticos, pero, al serlo, se pueden cometer errores o, peor aún, hacer que otros los cometan. Así, en las relaciones humanas, se debe tener mucho cuidado al presentar a dos personas con la idea que harán bonita pareja o, mejor aún, coincidirán en sus gustos sexuales, porque el resultado de la recomendación puede tener muchos finales, yendo desde qué sólo tomaron un café y no trascendió, hasta una noche de sexo o, en el extremo, muchas noches de sexo pero pagando el impuesto del matrimonio que, siendo una institución creada por la sociedad, no necesariamente apunta en la misma dirección que el amor, sentimiento que determina a los humanos. No es difícil ver parejas que se aman pero que por la razón que sea no están casadas. Por otro lado, muchas parejas están unidas por el matrimonio y viven juntas, sin embargo, el amor ya no está o, tristemente, nunca estuvo. El problema es que el matrimonio se ha establecido como una etapa obligatoria en la vida de las personas y que, además, significa para la mujer que un hombre decidió quererla para siempre, lo que indica que la mujer que no llega al matrimonio es porque ningún efebo la quiso, al menos no para siempre.

Recuerdo que fui el causante de que dos amigos míos se casaran. Honestamente, no sé si cuando me dicen que gracias a mí se conocieron, en realidad, lejos de agradecer, me lo están recriminando. Me gustaba visitarlos porque era de las muy pocas casas, además de la mía, donde disfrutaba estar. Tal vez porque con él comparto algunas aficiones, como el fútbol; o porque ella sabe muy bien lo que me gusta comer y que, como mexicano chovinista que soy, exagero siempre en la cantidad de picante en mis alimentos.

Sin embargo, siempre que estaba con ellos no podía evitar recordar cómo eran antes de conocerse. Quizá porque los humanos tomamos fotografías instantáneas de las personas, eventos y objetos para guardarlas por siempre en el álbum de la memoria, que cada vez que entramos en contacto nuevamente con algo que ha sido almacenado serán lo que veamos, no como es ese momento, sino las imágenes ya etiquetadas que, los humanos, creamos de todo. Por eso se dice que sólo hay una oportunidad para dar la primera impresión, porque el humano es perezoso y le es más fácil sacar de la memoria un recuerdo, que conocer o aprender algo nuevo.

Estas instantáneas son la causa de que dos personas puedan tener opiniones muy diferentes de una tercera, porque cada uno saca su instantánea que representa lo que fue pero que ahora ya no es. El resultado es que cada quien habla de alguien distinto, de una persona a la que conocen o creen hacerlo porque, en el fondo, jamás llegas a conocer a nadie; nunca conocerás por completo a tu pareja, a tus padres, a tus hijos, a tus amigos, sólo conoces partes de ellos y la suma de todo lo que todos conocen es, en realidad, la persona.

En una de esas visitas, por navidades, me di cuenta de que yo no la conocía, habíamos sido muy amigos, años antes de que lo conociera a él y se casaran tiempo después. Pero ella, ahora casada, era otra persona. Yo la apreciaba como la esposa de mi amigo y, en su momento, como lo que fue, una gran compañera. Pero, aunque era la misma persona, eran dos imágenes diferentes. Mientras ella terminaba de preparar la cena y cuidaba los detalles, yo veía a la que fue mi cómplice en muchas aventuras.

Recordé la *sex shop* que visitamos de jóvenes, a la cual regresó más veces y que, la primera vez que fuimos juntos, a mí me dio vergüenza entrar. También que ella decía que para evitar la depresión lo mejor era el sexo y, finalmente, recordé los viejos *jeans* Levi's, los de las mil batallas, así como su interior.

No fue planeado sencillamente se dio y, de la misma forma, se dejó de dar. Estábamos en su casa porque sus padres, como tantas veces, habían salido de vacaciones. Después de beber mucho, iniciamos a juguetear, luego nos toqueteamos, hasta que nos besamos torpemente, por ser los dos amateurs y por la cantidad de alcohol que habíamos bebido. Caímos en el sillón, desabotoné su blusa y luego el pantalón, le chupé los pezones, mientras metía la mano por debajo de la braga buscando la vagina y, una vez en ella, inicié a meter mi dedo índice, me costó trabajo porque estaba algo seca aún, pero pronto comenzó a lubricar haciéndolo mucho más placentero para ella quien, con gemidos, me mostraba su complacencia. Luego, con la misma mano bajé más sus pantalones, hasta desnudar sus piernas, aprovechando que ella se había quitado uno sus zapatos deportivos Adidas con la punta del otro. Una vez que había quedado liberada de las piernas, mientras nos besábamos con torpeza, yo me bajé el pantalón lo suficiente para liberar mi pene y, entonces, la empujé con mi cuerpo y quedé sobre de ella, quien abriendo las piernas me permitió acomodarme y ubicar mi pene cerca de su vagina. Una vez así, intenté penetrarla pero mi pene resbaló y quedó sobre la pelvis, al tiempo que ella soltó una risa ahogada, derivada de la gracia de la situación, yo, tomé mi pene con una mano, lo ubiqué sobre los labios vaginales y empujé para poder penetrarla. Poco a poco fui sintiendo como mi pene entraba en su vagina, mientras ella gemía suavemente mostrándome placer. Cuando ya estaba lo más dentro posible, comencé a moverme hacia atrás y adelante con torpeza pero con muchas ganas, mientras ella me sobaba las nalgas y buscaba mis labios. Después de un rato, ella comenzó a jadear y gemir hasta que me abrazó con fuerza con brazos y piernas. Me detuve y esperé.

A los pocos segundos soltó una carcajada. Me miró y dijo balbuceando −Yo te conozco y sé lo que te gusta− Al decirlo, me empujó, se puso de rodillas, tomó mi pene y sin más se lo metió en la boca, subiendo y bajando torpemente mientras yo la sujetaba por el cabello para poder verla. Cuando estaba disfrutándola mucho, comenzó ha hacer un ruido desagradable que yo conocía; no en ella, en general... arcadas. Antes de que yo pudiera reaccionar vomitó con mi pene en su boca, sobre de mi pelvis.

Debo confesar que aunque parezca algo asqueroso, por un momento la sensación fue agradable por lo caliente y viscoso, pero sólo por un momento. Ella, reaccionó y con torpeza, después de levantarse, se dirigió al cuarto de baño y no regresó. Después de unos minutos, me descubrí en una situación complicada; con los pantalones por debajo de la cadera, sentado apenas sobre el sillón, con una mano evitando que el vómito se escurriera sobre la alfombra y con la otra tratando de alcanzar la servilleta que estaba sobre la mesa de centro. Al ver que el tiempo pasaba, decidí levantarme manteniendo la mano por debajo de mi pene para contener lo más posible el vómito. Al hacerlo, el pantalón se fue al piso sujetándome los pies por los tobillos, lo que me dificultó aún más caminar pero, despacio, logré moverme hasta el baño. Recuerdo la escena: arrastrando los pies de la sala al baño, pareciendo un pingüino, mientras con ambas manos contenía lo que de mi pene se derramaba.

Toqué la puerta y no hubo respuesta. Abrí. Ella estaba sentada junto a la taza con la cabeza entre las piernas. Entonces, me acomodé frente al lavabo, lavé mi pene y mis manos, luego, me subí el pantalón y lo abroché. Un poco más compuesto, me volví hacia ella y la miré. Aunque me pareció una escena terrible, yo la quería mucho. La tomé de los brazos y la jalé un poco para levantarla; pasé uno de sus brazos por mi nuca tratando de que su cuerpo quedara sobre de mi espalda. Una vez debajo de ella, a punto de levantarla para sacarla del cuarto de baño, vomitó nuevamente. Sólo que esta vez fue sobre mi cabeza.

La situación era complicada. Inmovilizado con su cuerpo sobre el mío, dentro de un espacio tan reducido como lo era un baño de visitas, con sus fluidos escurriendo hasta mi rostro, cuello y espalda, mi primera sensación fue de querer llorar. Sin embargo, no lo hice y, haciendo acopio de fuerza, no porque pesara mucho, sino por lo complicado de la situación, la levanté y, con ella en hombros, caminé hacia el sillón y, lo más suave que pude, la recosté en él. Regresé al baño, me enjuagué el rostro, la cabeza, el cuello y las manos lo mejor que pude. Regresé al sillón, le quité el otro zapato y terminé de sacarle el pantalón. Remojé un par de pañuelos para limpiar su rostro y cuello lo mejor posible. Luego, busqué en su recámara un edredón, un pantalón de pijama y una almohada, para dejarla lo mejor acomodada en el sillón. Fui a la cocina y encontré un mechudo que utilicé para limpiar el piso del baño, lo enjuagué y lo regresé a su lugar. Una vez que había terminado, la miré nuevamente y sonreí. Ella era mi mejor amiga. Busqué mi chaqueta, salí de la casa, cerciorándome de cerrar perfectamente la puerta y la reja. Caminé por la calle hasta el sitio donde había dejado estacionado el automóvil, que mis padres me habían prestado ese día, y, con la luz del amanecer, conduje hasta mi casa escuchando el casete que ella olvidó cuando llegamos a su casa la noche anterior.

Sonaba *Take on Me* de A-Ha, porque el esposo de mi amiga,

que era mi amigo también, había quedado atrapado en los ochenta y, pretextando que éramos coetáneos, decidió hacer un recorrido musical, cuya intención era, seguramente, que los tres adultos sentados a la mesa viajáramos al pasado. Después de cantar un poco de la canción, o lo que él creía recordar, comenzó a servir la última botella de vino sonriendo complacido. Una vez llena, levante mi copa, no para brindar, eso no lo hago nunca, sino por que buscaba encontrar a través del cristal, en esa mujer, a mi compañera de años atrás. Yo no fui ni su primera ni su última vez, pero fui, y la recordaba con mucho cariño. Sin embargo, lo que tenía delante de mí no era mi amiga. Era una señora de sonrisa discreta, con el cabello recogido, con pendientes y collar haciendo juego con el blusón de flores color ocre y la falda lisa apenas debajo de la rodilla para poder lucir las zapatillas *peep-toes*; sin mencionar los kilos adicionales, que me hacían pensar que mi amiga había sido devorada por una alienígena que tomó su apariencia.

Durante la cena hablamos de todo, sin decir nada que fuéramos a recordar después; porque siempre he dicho que todos tenemos derecho a decir idioteces y más aún entre amigos. Por un momento, mientras su esposo traía el postre y yo sostenía a su hijo en mis brazos, ella me miraba y sonreía haciéndome pensar que, de alguna forma también estaba renovando su instantánea ¿Qué es lo que estaría viendo? ¿Qué era lo que recordaba de mí? ¿Qué es lo que había cambiado? Ya no éramos, ni seríamos lo que fuimos. Teníamos un pasado, pero éste era nada comparado con el futuro de cada uno.

De esa noche me quedan dos aprendizajes. El primero es que yo formo parte del álbum de recuerdos de mis amigos y, en algún sentido, soy el responsable de que estén juntos, pero que no los conozco, a pesar del pasado que vivimos juntos y lo evidentes que a veces somos los humanos, porque sólo tengo una parte de las imágenes que conforman su vida. La segunda, es que la mujer corre el riesgo de no llegar al matrimonio por diversas razones, que pueden ser que sea tonta, descuidada, malhumorada o indiscreta, porque una mujer que ha estado con muchos hombres seguro que se casa, es feliz y hace feliz, si sabe manejar su pasado junto con el futuro de su marido.

Regresar después de un tiempo

Volver después de mucho tiempo a un restaurante, del que fuimos asiduos comensales, es como regresar a casa después de un largo viaje. Sin importar el tiempo transcurrido desde la última vez, tarde o temprano, los eventos de la vida cotidiana hacen que recordemos y pensemos en visitar ese lugar que significó algo por alguna razón. Regresar involucra riesgos, porque algunas cosas no estarán como estaban y otras habrán cambiado ya que el tiempo todo lo cambia, incluida la forma en que vemos las cosas. Así, todo es lo mismo pero de diferente forma: los platillos, los meseros, el barista, el menaje, los vinos. A pesar de ello, al regresar, estás en casa, y muchos recuerdos se manifiestan y se mezclan con lo actual para formar una nueva imagen.

Lo mismo sucede con las relaciones que en algún momento terminaron en la cama, porque ya sea por la sincronía de los eventos, la necesidad o cualquier otra razón el tiempo abre la puerta a la posibilidad de regresar, pero, hasta que no sucede, no existe forma de saber qué es lo que será diferente y, para bien o para mal, sólo hay una forma de averiguarlo.

Llegué a su casa puntual. La verdad es que me hacía ilusión verla o más bien que me hiciera sexo oral. Pero, aunque he aprendido que nunca se toman suficientes precauciones, y me preparé mentalmente para diferentes escenarios, como el que me rechazara, no estaba listo para lo que sucedería a continuación. Al llamar a la puerta salió su madre, tal cual la recordaba, muy amable me invitó a pasar; en la sala, la abuelita al reconocerme me saludó amablemente y, con voz severa, dijo que los años no pasaban en vano, que yo ya era un hombre y ella ya estaba vieja. No supe qué responder, ¿por qué las personas hacen comentarios tan complejos? ¿Qué se contesta a eso? Seguramente: Pues sí ya ve... yo ahora todo un hombre y voy a usar a su nieta mientras usted se queda a ver la novela... No lo sé, pero la necesidad de sexo, con alguien que ha demostrado habilidad, hace que uno soporte muchas cosas... hace muchos años leí que a buen hambre no hay pan duro.

A los dos minutos de espera, apareció la doncella en escena, bajando con elegancia por las escaleras, como si fuera su fiesta de presentación en sociedad. Al verla quedé atónito. Seguramente mi rostro se asemejaba al del protagonista de una película de terror, a punto de ser inmolado cruentamente por el asesino serial. ¡Estaba gorda! Quiero decir: ¡ G o r d a ! . No es que yo tenga algo en contra del exceso de peso, pero de ella lo que me gustaba era su cuerpo y, ahora, era como una botarga de sí misma. Yo la esperaba como la recordaba y, honestamente, me tomó por sorpresa. Cuando se acercó y me besó en la mejilla me sentí amenazado. Imaginé escuchar su voz diciéndome: No sabes la que se te espera ¡Me sufrirás pase lo que pase! Lo único que atiné fue exhibir una sonrisa de idiota, cosa que ya tenía muy ensayada.

¿Por qué las mujeres son así? La verdad, ¿qué ganas de verme si se descuidó tanto? No me pareció nada justo que yo tuviera que pagar por una cena y, con mala suerte, un motel, por alguien que no era quien yo esperaba. En estos casos, las mujeres deberían de ser gentiles y enviar a una amiga como representante o, mejor dicho, chivo expiatorio que evite la tremenda decepción que se puede ocasionar. ¿Qué puede hacer uno en semejantes situaciones? *Allea jacta est* —la suerte estaba echada— aunque desgraciadamente yo no era Julio César y, lo peor, ella no era Cleopatra. Salimos de su casa, le abrí la puerta de mi automóvil, farfullando di la vuelta por atrás, abrí la puerta del conductor y entré. Una vez en el interior, después de dirigirle una amable sonrisa, encendí el estero y comenzó a sonar *Macarena* de los del Río.

Decidí no mirarla hasta no tener otro remedio, di marcha al

motor y, mientras avanzábamos por las calles de la ciudad, hablando de tonterías, me fue imposible evitar recordar que años atrás me había dado mucho placer, que la disfruté mucho y que era bastante ávida para su edad. Con ella no tuve que hacer mucho trabajo propedéutico para que me hiciera sexo oral. Es más, después de las primeras veces, lo hacía sin necesidad de que yo le hiciera algo antes o después; sin embargo, yo tenía que planearlo con cuidado porque tenía una extraña forma de interpretar la realidad.

La primera vez que tuvimos sexo fue en mi casa, mis padres no estaban y yo organicé una reunión de amigos. Después de recibir a los invitados y ofrecer bebidas espirituosas, en un momento de descuido y ya entrados en ambiente, la tomé de la mano y la subí a mi habitación donde, después de cerrar la puerta, comenzamos a besarnos. Ya acostados, mientras nos besábamos, al notar que yo estaba muy excitado, me dijo que nos detuviéramos porque, para mi mala suerte, estaba en su periodo y no quería hacerlo así. Yo preferí explorar otras alternativas y, por lo general siempre funciona negociar, así que le dije, entre beso y beso, que si ella no me deseaba hacer el amor, entonces, yo quería algo más. Ella me preguntó qué era lo que quería y, entonces, usando el lenguaje más eficiente, me bajé el cierre. Fue rápido, sin hacer regateo, se acomodó de lado en la cama, me tomó el pene con la mano, abrió la boca y se aproximó lentamente al glande, una vez que lo tuvo dentro lo rodeó con los labios y lo chupeteo un poco. Luego, lo introdujo más profundo y comenzó a subir y bajar la cabeza lentamente, con suavidad, pero con el suficiente ritmo para que yo, después de unos minutos, mientras sostenía su cabello con la mano, eyaculara placenteramente en su boca.

Lo curioso ocurrió cuando empecé a eyacular. Ella comenzó a hacer ruidos raros que me hicieron pensar que algo estaba mal pero, al ver que resistía estoicamente con mi pene en la boca, decidí concluir satisfactoriamente y, hasta que yo había sacado prácticamente todo, entonces, le solté el cabello. Como disparada por un resorte, salió en busca del cuarto de baño pero en su desesperación no pudo abrir la puerta y, sin otra alternativa, bajó corriendo al otro cuarto de baño, aguantando la respiración y sin hablar, para poder escupir el semen que aguantaba en su bella boca. Seguramente el recorrido fue complicado porque, cuando ella y yo habíamos subido, otros hicieron lo mismo y estaban distribuidos en diferentes partes de la casa, aunque ciertamente no prestaron mucha atención porque cada pareja estaba haciendo lo que hacen las parejas.

A la semana siguiente tuvimos sexo, esta vez, en su casa y, después de que le hice sexo oral y la penetré por la vagina hasta que se hubiera calmado, ella recompensó mi esfuerzo chupándomelo y, curiosamente, ocurrió algo similar. Una vez que terminé en su boca, se incorporó con una expresión de desesperación y angustia: ojos desorbitados, la boca cerrada, conteniendo la respiración y moviendo las manos en señal de urgencia como si quisiera indicar algo. Se levantó y corrió al cuarto de baño donde escupió todo el semen. Cuando regresó, se recostó junto a mí y me dijo, con cierto orgullo, que tenía un talento natural para chuparlo y que le gustaba mucho hacerlo.

—¿Por qué si te gusta hacer sexo oral no te tragas el semen? — Pregunté extrañado, pues había pensado que le era complicado, porque contenía el semen en la boca hasta encontrar un lugar adecuado para escupir, entonces ella respondió.

—Porque me salen granos… el semen es muy grasoso y, además, engorda.

Después de recordar el placer que me había dado años atrás, con el estoicismo que siempre me ha caracterizado, decidí seguir adelante. De camino al restaurante, comencé a hablar con ella con mayor interés. Sin embargo, el tráfico complicó la situación e hizo que estuviera a punto de arrepentirme; pero después de media hora de viaje diciendo estupideces y flagelarme mentalmente por no haberme quedado en casa, haciendo algo más divertido como jugar con mis perros o hacer llamadas obscenas a números desconocidos, llegamos a uno de mis clásicos en la zona de restaurantes más divertida de la ciudad. Ya dispuestos en el área de bar, ella pidió un jugo de naranja. ¿Quién, en el nombre de Dios, pide un jugo de naranja por la noche? Seguramente quería marinarse —pensé—. Yo tomé un tequila derecho y una cerveza. Bueno, en realidad terminé por tomar tres de cada uno a lo largo de la velada. Una vez puestas sendas bebidas, comenzamos con el clásico recuento de los daños acaecidos durante el tiempo en que no nos vimos, lo que terminó por llevarnos a la actividad profesional de cada uno.

En resumen: ¿A qué se dedicaba ella? A la música. ¿A qué me dedicaba yo? A aburrirme. Sin embargo, mientras hablábamos, pensé en lo afortunada que era. Su pasión siempre fue la música y ahora vivía de eso, y bastante bien, por cierto. Era productora musical y además tenía una escuela de canto. Debo confesar que sentí envidia. Casualmente ese mismo día, después de comer, mientras tomaba el café, vi como pasaban por la calle los clones de oficina; todos vestidos con corbatas, colores pardos, caminando con rumbo a su escritorio, donde habrían de pasar el resto de su vida, mientras otros así lo quieran. Sentí pena por ellos; seguramente más de uno es completamente infeliz. Al menos –pensé– tienen un ingreso y probablemente una familia. Pero de eso se trata la vida, ¿no?

Esta mujer es afortunada —pensé en ese momento— porque gana dinero haciendo todos los días algo que realmente la llena. Por desgracia, a juzgar por su aspecto físico, no sólo la llena profesionalmente. En estas cavilaciones, comprendí otra cosa: que lo más importante en la vida es nunca perder la orientación, es decir, la brújula. Ella siempre tuvo claro a dónde quería llegar en la vida y siempre ha corrido para estar ahí; en cambio yo, que vivo estresado porque siento que el tiempo se me va, entendí que el tiempo no se me puede ir porque no sabe a dónde voy. Si yo supiera a dónde quiero ir, el crimen sería no iniciar el camino, pero si no lo sé, quedarme dónde estoy parece la solución más atinada.

Mientras conversábamos en el bar, no podía dejar de

imaginarla dándome sexo oral, porque, a decir verdad, es que no esperaba, ni quería, conseguir nada más que una felación en el automóvil, pues la disfruto igual pero me fatigo menos. Pero tratándose de ella, todo se complicaba porque no se los tragaba. Mientras yo dilucidaba en cómo solucionar ese problema, para no tener que ir a un motel o a mi casa, ella, sin que yo me diera cuenta, fue monopolizando la conversación con el himeneo mental que toda mujer carga a manera de *kit* de emergencia, haciéndome pensar que existe una cláusula que dice: No se acueste, ni mucho menos le haga sexo oral en el automóvil, sin, por lo menos, ver su expresión al mencionar la palabra matrimonio. No puedo entender por qué las mujeres piensan en matrimonio a la menor provocación y, a veces, sin provocación alguna porque juro que yo había pronunciado poco más que monosílabos.

Después de un profundo análisis del problema que suponía para ella hacerme sexo oral en el automóvil, por su idea del contenido graso del semen, terminé por llevarla a mi casa. Recuerdo que la última vez que tuvimos sexo, varios años atrás, fue muy placentero. Sin embargo, como todo por servir se acaba, no hay plazo que no se cumpla, todo lo que sube tiene que bajar y no es lo mismo los tres mosqueteros que veinte años después, terminé en una situación exasperante. Fue lo más parecido a tener sexo con una almohada. La buena noticia fue que, por evidentes razones, ya no le importó tragarlos. De haberlo deducido —pensé.

Al término de esta experiencia, dos ideas me quedaron en la

cabeza. La primera es poder vivir de lo que me gusta, sin embargo, hasta hoy, no he logrado conseguir que una mujer me pague por dejarla hacerme sexo oral y, la segunda, como no sé a dónde voy, no tengo ninguna prisa por llegar.

Sentirse como en casa

Con el paso del tiempo, ya sea porque la comida es espectacular o porque hemos vivido momentos importantes, nos apropiamos de un restaurante. Cada vez que estamos en él es como si el tiempo se detuviera, transformando algunos platillos y personas en imágenes que guardamos para siempre en los bolsillos del corazón.

Estar en un lugar así, donde, después de muchas visitas, te conocen y te dan trato preferente, sabes lo que te gusta y lo que no, es lo que se le llama jugar de local, es tu cancha y el estadio juega a tu favor, facilitando las labores de conquista y seducción. Así pasa con ciertas relaciones íntimas. En ellas, el momento con esa persona se vuelve propio, privado; pero no significa que esa persona no pueda haber estado con otros antes o estarlo después. Es en el mientras tanto del momento, que esta persona y todo lo que ella significa se torna un territorio con propietario... o más bien, con un inquilino que juega de local.

—Yo sí caí con tus frases, lo cual agradezco —Me escribió por

SMS—. Después de leerlo en mi Nokia, entendí que se estaba yendo; pero que la despedida había iniciado tiempo atrás sin que yo quisiera darme cuenta, porque, a decir verdad, yo la disfrutaba mucho.

Yo también tenía que agradecerle, porque ella decidió que fuera yo el que usara su cuerpo y, sobre todo, sus orificios para llegar al éxtasis. Eyacular en su boca o en su ano era algo común. Parecía que lo que ella buscaba era darme placer, porque siempre traía falda y los labios pintados cuando sabía que me vería, lo que era una concupiscente invitación a que la usara fácilmente. Llegó un momento en que tanto placer se volvió incómodo, porque era tan fácil que, inexplicablemente, comencé a necesitar que fuera difícil y, entonces, a salir con otras mujeres buscando más rechazo que aceptación porque, curiosamente, rechazo era lo único que no tenía con ella. Era lo único que me hacía falta en ese momento de mi vida.

Tuve suerte. Raro en mí, porque en temas de amor, la suerte casi nunca estuvo de mi lado; o tal vez será que nunca he sabido convertir oportunidades en eventos y, por eso, pienso que tengo mala suerte. Era la secretaria de mi jefa, en una de las tantas universidades donde colaboré, por lo que salir con ella fue fácil: un par de tonterías que dije y ella rió. Y esa sonora carcajada me hizo necesitar estar con ella, sentirla, olerla y usarla. La invité a cenar y, sin dudar, dijo que sí. Más joven que yo y con mil sueños por realizar, mientras cenábamos, hablaba de sus proyectos como si tuviera una cita con ellos y sólo fuera una cuestión de tiempo.

Mientras la escuchaba pensaba que ojalá yo tuviera ese grado de convicción en mi vida y, nuevamente, sentí envidia de una mujer que es, sin importar lo demás. Después de la primera vez que cenamos no conseguí nada, tampoco a la segunda ni a la tercera y, cuando pensé que no llegaríamos a tener sexo, un día me llamó para vernos. Yo pensaba que sólo le complacía cenar en buenos lugares y no tener que hacer nada después, lo que tan sólo me ubicaba como alguien divertido con dinero y que, tristemente para mí, ella ya tenía quién le quitara el estrés. Pero a mí me gustaba escucharla reír y, sólo eso, bien valía la cuenta del restaurante, además estaban sus carnosos labios en los que imaginaba mi pene, al verlos en movimiento.

Llegué puntual por ella, se veía bien, un poco maltratada de la jornada de trabajo pero, al mismo tiempo, se veía fuerte, sexy, con las botas altas y la falda corta tableada a cuadros. Me vio y sonrió y, antes de poderme bajar para abrirle la puerta, ya estaba adentro de mi automóvil último modelo. Una vez dentro, su perfume, recién aplicado, llenó el interior y antes de que pudiera yo decir algo dijo —Me muero de hambre, tuve un día terrible.

Fuimos a uno de mis lugares favoritos, porque, evidentemente, la cena era buena y yo jugaba de local, además, no era tan caro como otros porque yo ya estaba evaluando el ratio beneficio/inversión con ella porque, aunque me gustaba mucho y yo suelo ser espléndido, yo quería tener sexo, escribir cualquier otra cosa sería mentir usando como pretexto la amistad entre hombres y mujeres.

Cenamos y logré ser encantador, hacerla reír y que todo fuera perfecto, porque yo estaba decidido a no verla más si no lograba tenerla en la cama o, mejor, que ella tuviera mi pene en mi automóvil. Entre las dos botellas de vino, logré que varias veces riera a carcajadas y que todo el lugar nos volteara a ver, sus ojos brillaban al verme haciéndome pensar que yo era alguien especial. Una vez terminada la cena bebimos los digestivos y después fuimos a un bar que yo visitaba frecuentemente y ahí, nuevamente protegido por la confianza del lugar, le dije que me gustaba y que me encantaría estar con ella, porque su risa me llenaba y que no resistiría más si no la besaba, entonces, llegué a su boca y logré probar sus labios, aunque brevemente con eso bastó, habíamos cerrado el trato.

Después de un par de horas ella había bebido el cuarto Cosmopolitan y yo mi tercer mezcal, y ya estábamos comiéndonos a besos. Por alguna razón, yo no podía dejar de decirle que me gustaba, que quería estar con ella, que me interesaba, que necesitaba tenerla y que no me importaba nada que no fuera ella. Es fácil mentir para obtener sexo, porque mentir no sólo es justo, también es necesario, pero yo no estaba mintiendo, no en ese instante, era verdad cada palabra, yo la necesitaba y ella me creyó... también es verdad que después de un recorrido por diferentes bebidas espirituosas es fácil sonar elocuente y, además, es más fácil creer la elocuencia.

Me pidió que nos fuéramos. No pude entender si ya estaba

cansada, cansada de mí o me decía que nos fuéramos a mi casa, para terminar lo que ya habíamos iniciado. Salimos y ya en el automóvil, me indicó que fuéramos a su domicilio, lo que a mí no me gustó, porque sonaba a que ella había dado la noche por concluida y yo tendría que masturbarme llegando a casa. Ya en el automóvil, animado por mi estado de excitación, decidí insinuarle que quería sexo oral. Creo que fue más que una insinuación porque ella, mientras yo manejaba, antes de que yo dijera nada, se aproximó a mí y metió su lengua en mi oreja. Sin embargo, tonto como soy, no pude evitar pensar que tal vez sólo jugaría un poco conmigo y me dejaría a punto de explotar, condenándome al onanismo. Pero, después de pasear su lengua por mi oreja, con la voz ronca que la caracterizaba, me preguntó —¿Es verdad lo que me dijiste en el bar?

¿Por qué son así las mujeres? ¿Qué respondes a eso? Yo era incapaz de recordar todo lo que había dicho, además, en caso de que no lo fuera verdad, ¿quién, en el nombre de Dios, diría que no? Yo, que nunca he querido lastimar a nadie, aunque he fallado en el intento, soy sometido por el destino a complejas pruebas de probidad. Dije que sí, porque era verdad, al menos en ese momento. Al escuchar esto, besó mi mejilla y susurró —No me vayas a engañar— y, al terminar de decirlo, pasó su mano por mi entrepierna y comenzó a sobarme por encima del pantalón y, casi inmediatamente, con cuidado, me bajó el cierre liberando mi pene para sujetarlo suavemente con su linda mano, luego, miró un poco a la ventanilla de la derecha y, sin decir nada, se agachó y lo metió en su boca, mientras en el radio del automóvil sonaba *Million miles away* de Offspring.

Debo confesar que moría de ganas de que me lo chupara y pensando que así terminaría la noche, llegamos a su casa antes de que yo eyaculara. Cuando se percató de que bajaba la velocidad del coche, se incorporó y me indicó que me estacionara, lo que me pareció peligroso, pero, en la situación en la que me encontraba, tenía que mostrar decisión. Una vez fuera de su casa, me miró y dijo —Espérame—. Bajó del automóvil. A los dos minutos salió y me hizo una seña indicándome que entrara. Con problemas para guardar mi pene, porque seguía muy duro, logré empaquetarlo cuidadosamente; salí del automóvil y entré a su casa.

Una vez en el interior, me acerqué a un sillón y, antes de que lograra acomodarme, ella ya estaba besándome. Interrumpió un minuto para murmurarme al oído —Mi madre está dormida arriba pero no bajará, sólo no hagas mucho ruido—. La situación no podía ser mejor, con la complacencia tácita de la madre, yo utilizaría a su hija en el sillón de su casa. Ella, me volvió a bajar el cierre y continuó con lo que habíamos dejado pendiente, sentada en el sillón junto a mí, mientras yo, finalmente, podía ver como sus carnosos labios chupaban mi pene y, mientras su cabeza se movía atrás y adelante, yo sujetaba su cabello rizado con una mano, luego, después de unos minutos, la detuve e intenté ponerla de espaldas al sillón para compensarla lamiendo su vagina, pero ella me rechazó, entonces, se levantó y dijo —Póntelo— y, de la nada, extendió un condón. Torpemente lo abrí y me lo puse. Mientras tanto ella bajó sus bragas. Una vez con el condón puesto me empujó al sillón quedando yo sentado, se montó sobre mí, con su mano acomodó mi pene y, ya con él dentro de su vagina, me sujetó por los hombros, me dio un beso y comenzó a moverse con fuerza durante casi 20 minutos. Mientras ella ahogaba sus gemidos derivados del esfuerzo físico y placer, comenzó a sudar, lo que me hizo pensar que estaba intentando romper algún tipo de récord personal. Finalmente, noté que ella estaba llegando a algún sitio porque se apretó contra mí y, luego, dejó de moverse. Esperé unos segundos y, suavemente, la hice de lado, le di la vuelta, apoyando sus rodillas sobre el sillón y las manos sobre el respaldo, luego, levanté la falda para descubrirle las nalgas y se la metí por la vagina, moviéndome atrás y adelante. Muy pronto, comenzó a mostrar que estaba ya complacida, entonces, sin sacársela, me agaché y le pregunté en el oído —¿Te gusta por atrás?—. Ella contestó con un breve sí, pero pienso que le dio un poco de vergüenza, porque agachó la cabeza metiéndola entre los brazos al momento de responder. Entonces, dejé caer un poco de saliva en medio de sus nalgas, con el glande la unté en el ano, como si fuera la punta de un pincel conducido por la brillante mano de un artista y, en ese instante, comencé a empujar sintiendo cómo el orificio cedía a la presión de mi pene, hasta que comenzó a perderse entre sus redondas nalgas. Una vez completamente dentro la sujeté por la cadera con suavidad y, entonces, comencé a moverla para atrás y adelante, provocándome mucho placer, al tiempo que ella jadeaba mostrando una mezcla de dolor y éxtasis mientras yo la disfrutaba.

Después de unos minutos, sentí la eyaculación venir a toda velocidad y, sin hacer nada por detenerla, explotó, con tal magnitud, que sentí mis piernas doblarse, al tiempo que un excelso cosquilleo me recorrió desde la espalda hasta las mejillas. Vi estrellas. Esperé unos segundos y se lo saqué, ella se incorporó, se bajó la falda y fue al cuarto de baño. Luego que ella regresó, fue mi turno de ir al cuarto de baño para asearme y quitarme los restos del condón, que no resistió y se rompió en algún momento. Salí, me besó y me fui a casa.

Nos vimos durante un tiempo y me llenó de placer pero, como todo en esta vida, un día terminó y, desafortunadamente, ambos perdimos. Yo perdí a una mujer fantástica y plena que me hacía feliz; ella, en cambio, perdió tiempo, sí, porque seguro que podrá encontrar quien la quiera y valore lo que ella puede dar con su risa y, sobre todo, con la forma de soñar despierta que tenía, además de sus habilidades en la cama. Hoy la imagino dando placer a otro y debo confesar que siento celos. Pero son celos provocados por la distancia, por la lejanía de lo que fue mío y hoy es de otro sin que pueda ser mío, porque no es que me importe que esté con alguien más, lo que me enfada es que no esté también conmigo.

Visitarlo por primera vez

Cuando decides visitar un restaurante en el que no has estado antes y, además, tienes poca información sobre los detalles, es importante que vayas con la mente y el apetito preparados para disfrutar el momento, abriéndote a la posibilidad de nuevas sensaciones, olores y sabores. De eso se trata la comida: de disfrutar. Pero a veces, estamos tan ensimismados en las demandas de la inmediatez, que perdemos de vista lo bueno que ofrece el futuro y dedicamos más tiempo a entender que a vivir.

En cuanto al amor, debes estar preparado para vivirlo y disfrutarlo, porque sucede, o puede suceder, en cualquier momento. Pero muchas veces, al igual que en la comida, perdemos de vista lo valioso y efímero de las relaciones humanas en el intento de proteger lo que pensamos que es seguro en el largo plazo. Entonces, el amor, como un vendedor de cambaceo, en ocasiones llama a la puerta y nos dice —¡Hola, qué tal! Venimos ofreciendo amor, ¿desea un poco? —Y, como siempre sucede, los listos y audaces dicen —Sí por favor, déjeme todo el que pueda—; los desconfiados e inseguros piden un poco, pero nunca demasiado porque podría gustarles mucho y temen lo que pasará si no regresa; y los tontos, como yo, gritan, sin abrir la puerta, desde una ventana —¡Hoy no! Gracias.

Esta mujer llegó a mi vida tan inesperadamente como se fue. De hecho, todavía no termino de entender cómo fue posible que yo le pidiera que se alejara. Como casi siempre sucede, a ella la conocí por casualidad en el trabajo y me gustó desde el primer día que la vi, sin embargo, llegó a mi vida por correo electrónico. Después de varios flirteos electrónicos la invité a salir y me dijo que no, cosa que me enfadó sobremanera. ¿Para qué, en el nombre de Dios, me escribió, me coqueteó y demás tonterías para decir después que no? Peor aún, me rechazó dos veces más. Dicen que no hay peor ciego que el que no quiere ver, entonces, como conocedor de la profunda sapiencia de la conquista, renuncié a seguirla invitando.

Pero hábil, mujer al cabo, me pidió, a través del correo electrónico, que la volviera invitar, una vez que satisfice su curiosidad cuando preguntó el porqué había desistido de intentar salir con ella. Yo, tarado como soy, acepté. Debo confesar que había decidido que si esta vez me rechazaba, después de ella misma pedirme que la invitara y de haberme rechazado tres veces, renunciaría a mi trabajo con tal de no verla más.

Por fortuna para mi situación financiera, aceptó, pero tuve que esperar una larga semana para vernos, porque eso lo planeamos un lunes. Finalmente llegó el sábado y yo estaba feliz porque por fin la vería. Me había hecho tantas imágenes mentales de ella y, sobre todo, de su boca, que en verdad parecía un niño en víspera de Navidad, porque pensaba que con suerte y esfuerzo honesto de mi parte, terminaría por lograr que me hiciera sexo oral en el automóvil.

Llegué en punto de la cita a su casa y, al salir, se veía bien. Aunque confieso que en ocasiones anteriores la vi mucho más atractiva. Ese día no era el suyo o, tal vez, era el contexto de la oficina lo que la hacía tan atractiva a mi forma de pensar. Tomé camino hacía la zona de la ciudad donde estaban los bares y restaurantes de moda y, mientras manejaba, le pregunté qué le gustaría cenar. Sólo me dijo que no tenía hambre. Al no recibir de su parte mayor señal, decidí que iniciaríamos la velada en un bar del que, sin recordar de quien, había escuchado que era el lugar para ver y ser visto.

Llegamos, nos bajamos del automóvil y entramos. Como era temprano, el lugar estaba casi vacío y fue sencillo que nos asignaran una buena mesa. Una vez sentados comenzamos a beber y hablar, pero, tristemente, no logré nada más que el tiempo comenzará a irse y, junto con él, mi oportunidad. Después de varias cervezas, me paré de la mesa, con magnífica vista a la calle, para ir en busca del mingitorio, pero, para poder llegar a mi destino, tuve que internarme en la jungla de humanos que departían y bebían en el lugar. De pronto, a la mitad del camino, gracias a la perspicacia que siempre me ha caracterizado, me percaté que algo no estaba como debería de estar... Después de reflexionar un par de segundos, lo descubrí: ¡Mujeres! En el lugar no había mujeres, entonces, ágil de pensamiento como soy, caí en cuenta de que el lugar era gay y me sentí acosado por montones de miradas porque, sin darme cuenta, había quedado rodeado por ellos y, lo peor, es que muchos eran altos, bien parecidos, correctamente ataviados y peligrosamente fornidos. En ese momento, con la experiencia de tantas películas de James Bond, tomé la decisión de seguir mi camino, porque no podía aguantar más sin orinar. Con suma cautela continué avanzando en busca del mingitorio, teniendo mucho cuidado de evitar que me notaran y comenzara una masacre o, peor aún, pensaran en iniciarme.

Finalmente, logré llegar a mi destino mientras que, en el sonido local, se escuchaba *Amargo adiós* de Inspector.

Completé la misión regresando sano y salvo a la mesa y, una vez más relajado le dije, bastante avergonzado, que yo no sabía que el lugar era gay y que si ella se sentía incomoda nos fuéramos. Evidentemente, el incómodo era yo. Ella se río, pero lo hizo de tal forma que se quedó en mi corazón para siempre. Me dijo que ella se había dado cuenta poco después de nuestra llegada al lugar, lo cual era posible, porque yo estaba sentado dando la espalda al bar, de cara a la enorme ventana que daba al exterior, mientras que ella estaba sentada de lado, con posibilidad de ver al interior del local. Después intenté justificar el hecho de que hubiéramos llegado ahí, diciendo que alguien me lo había recomendado, pero que no me había dado mayor detalle. Ella, nuevamente, se rió diciéndome que no le importaba.

A partir de ese momento, su risa y conversación me permitieron ver en ella a una persona muy interesante, llena de pasión, divertida y, sobre todo, abierta. Me hizo sentir en confianza al grado que abrí mi corazón y hablé de cosas que no tenía previstas. Embelesado, le dije que ahora no sólo me gustaba, que además quería quererla. Intenté besarla. Me aceptó. En ese instante me enamoré porque lo necesitaba. En esos días estaba pasando por un período de inmensa soledad, además de haber tenido una semana terrible en el negocio. Así que necesitaba que alguien me confortara e hiciera sentir bien. Alguien que por un segundo me devolviera lo perdido y me diera aliento para seguir.

En ese momento pensé que ella se había percatado de mi situación, sorprendiéndome, porque nadie puede ir por la vida con un letrero en la frente quererla diga: Hoy me siento mal, terriblemente mal, hágame favor de reconfortarme. Pero ella me comprendió, estuvo conmigo en el instante en que más necesitaba de una mujer. Era ella.

Yo me sentí tan bien, tan fuerte, que comencé a besarla, a comérmela, sin importarme que decenas de miradas nos vieran, nos envidiaran o no nos entendieran. Llegué a sentir tanto sus labios que era como si fuera la última vez en mi vida que besaría... y ella me correspondía. Junto con los besos llegaron las caricias y, mientras nos sobábamos furtivamente, me dijo que yo le gustaba mucho. En ese instante sentí pasión, sangre correr por mi cuerpo como no había sentido en años. Le pedí que nos fuéramos a otro lugar, pero me rechazó. Me dijo que tenía que llegar temprano a casa. Fantástico —pensé— y mientras sostenía una de sus manos entre las mías, sonreí y le dije que nos fuéramos, imaginando que en el automóvil sellaríamos este contrato entre los dos, de la forma que más podía complacerme. Yo no podía creerlo, lo necesitaba tanto y ella lo haría por mí.

Salimos del lugar y nos subimos al automóvil. Una vez dentro subí el volumen del radio, sin exagerar, pero lo suficiente para crear una atmósfera adecuada. Ya una vez que habíamos tomado camino, se recargó sobre mi hombro y puso su mano sobre mi pierna, pero nada más. Al ver que avanzábamos por el camino y no pasaba nada, pensé que, al ser la primera vez entre nosotros, necesitaría un poco de ayuda. Con mi mano cogí la suya y me la coloqué entre mis piernas, ella no ofreció resistencia. Con cierta vergüenza comenzó a estimularme, sin embargo, estábamos lejos de iniciar. Al notar su indecisión, decidí bajarme el cierre pero, al darse cuenta de mis intenciones, me detuvo. No entendí. Me sentí muy incómodo, no sabía qué hacer, así que decidí preguntarle, porque cada vez quedaba menos camino por delante.

—¿Pasa algo?

—No. —Respondió ella con voz dubitativa.

—Pensé que yo te gustaba.

—Sí, pero es la primera vez que salimos—balbuceó—Es que no me gusta, es decir, esto nunca lo he hecho así.

Sentí una gran desilusión, porque ella me hizo pensar que sería mi salvación. Creí que estaría dispuesta a complacerme en un momento de necesidad, pero no. Además, ¿qué era, en el nombre de Dios, eso de no me gusta y yo no lo he hecho así? Eso lo complicaba mucho y decidí detener todo en ese instante. Suavemente, le insinué que se separara, ya que estaba recargada sobre mi hombro. Ella entendió y se acomodó en el respaldo, intentando hablar conmigo e, incluso, tratando de regresar a la posición anterior; pero era demasiado tarde, yo estaba molesto y decepcionado. Llegando a su domicilio, me bajé del automóvil y le abrí la puerta, se bajó, nos despedimos, caminó con dirección a su casa y, sin voltear, desapareció tras la verja. De regreso, recibí una llamada, dudé un segundo, pero decidí responder.

— Sí —Contesté ásperamente.

—Hola, te llamo porque no sé si olvidé agradecerte la invitación y... —antes de que terminara de justificar su llamada, la interrumpí.

—¿Te puedo pedir un favor?

—Sí. —respondió dubitativamente.

—No me busques más. —Dije secamente.

Ese último comentario la tomó por sorpresa, sólo atinó a decirme que estaba bien. Luego, dudó e intentó preguntar el porqué de mi actitud y si ésta se debía a algo que ella inconscientemente había hecho. Le aseguré que no era ella, que era yo y que no valía la pena más seguir hablando, le pedí que se cuidara y terminé la llamada.

Al día siguiente, desperté con dolor de cabeza y con una angustia moral terrible. Fui a tomar un café y cuando regresé encontré en mi computadora, justo donde todo empezó, un correo electrónico.

Asunto: Te juro que es lo último.

Hola, sé que me pediste que no te volviera a buscar y lo entendí perfectamente, sólo te escribo porque no me quedó claro qué fue lo que pasó y por qué tomaste esa decisión. No me dejaste terminar de agradecerte la invitación pero me la pasé muy bien contigo, me divertí. Te agradezco el soportarme, porque he tenido unos días terribles en el trabajo y en lo personal. No me he sentido muy bien últimamente.

Me hubiera gustado que me dijeras las cosas, si hubo algo que te molestara o que te haya ofendido, porque ahora no entiendo que no podamos ni ser amigos, pero tus razones debes de tener y las respeto. Tenía tantas cosas que decir pero ya no te quito el tiempo, éste es el último correo que te escribo.

Cuídate.

PD1. Como consejo, no vayas por la vida abriendo y cerrando círculos tan rápidamente porque haces sentir basura a la gente.

PD2. No te molestes en eliminarme de Messenger porque yo ya lo hice.

Entendí qué fue lo que pasó. Fui un idiota. Es importante escribir que algo que es y se sostiene es algo honesto, así que, soy un idiota honesto. Sólo puedo decir en mi defensa que yo no me di cuenta de que ella, también, necesitaba apoyo y, seguramente, lo merecía más que yo. Yo sólo quise hacer rápido lo que hubiéramos hecho por mucho tiempo y, al final, logré perderla a ella y, al mismo tiempo, una gran oportunidad de encontrar una persona a quién amar, porque hoy, todavía, la recuerdo riendo en aquel lugar, llena de vida, feliz y plena a pesar de sus problemas y tristezas, demostrando, como muchas mujeres, la capacidad de ser y estar bajo cualquier circunstancia. Debo admitir que deseaba buscarla pero, asesorado por el temor de un rechazo, detuve varias semanas mi idea de hablarle y un día, poco después, coincidimos en la salida de la oficina y ella, sonriendo, caminó hacía un automóvil, se subió y besó al conductor, lo que justificó que yo no la buscara más. Al menos eso quise ver. Nunca pude saber el resto de la historia: si ella hubiera aceptado tener sexo conmigo, si yo me hubiera enamorado de ella y, después, hubiera terminado la relación al caer yo en una de mis profundas depresiones o si tal vez, sólo tal vez, ella las hubiera curado, como lo hizo por un instante en aquel bar que era, como alguien me dijo, para ver y ser visto.

Fast Food

Siempre he criticado a los restaurantes de comida rápida, porque son muy americanos, me parecen falsos y, además, por lo general no me gusta su comida. Sin embargo, cuando me he visto en la imperiosa necesidad de comer en alguno el resultado es el esperado: rápido y no tan malo, en vista de que tenía poco tiempo. Además, en algunos casos, sorpresivamente, la experiencia es buena: puedes comer sin mayor pretensión por lo que, evidentemente, siempre regresas.

Así pasa con las mujeres que van rápido y saben lo que quieren. Yo llevo toda mi vida diciendo que la liberación de la mujer es buena, que ojalá que más mujeres se liberaran, que no tiene nada de malo que una mujer sea directa... pero cuando encuentro a una mujer que lo es, lo primero que hago es pensar mal de ella y sospechar de todo, al grado de estar a punto de perder una gran oportunidad. Porque, a veces, los grandes eventos suceden mientras estamos pidiendo que sucedan y terminan, tristemente, sin que nos demos cuenta.

Estaba yo en el Starbucks de siempre, leyendo noticias en mi iPad, tratando de dilucidar cuál era el menos malo de los posibles candidatos a la presidencia de mi país, cuando, entró una persona que habría de cambiar mi vida para siempre porque, más allá del sexo tan rápido que tuvimos, llegó en el momento menos oportuno de mi vida porque era cuando más la necesitaba. La vi entrar de soslayo y, una vez que tenía su bebida, se sentó en la mesa contigua. Una vez sentada, sacó su portátil y, después de abrirlo, nuestras miradas se encontraron de frente, en ese instante, miles de cosas fluyeron a una gran velocidad por mi mente, era como si un montón de recuerdos acumulados por años quisieran salir y recrearse.

Ella era una amiga de la niñez. La conocí en la escuela primaria a la que ambos asistíamos. De niños, yo le gustaba a ella y a mí me gustaba su mejor amiga, a quien yo no le gustaba. La vida es así: somos protagonistas de la novela romántica que el destino produce para nosotros aunque, la mayor parte de las veces, no nos demos cuenta. Ahora, no puedo dejar de pensar que si en aquel entonces hubiera sido un poco listo y preferido a la que yo le gustaba... pero, ¿qué diferencia podía haber? No planeaba casarme a los 10 años de edad y, como casi siempre pasa con las primeras amistades, al paso del tiempo nos distanciamos porque las relaciones humanas son efímeras y, con el tiempo, las razones pierden importancia.

En retrospectiva puedo decir que crecí haciendo idioteces y ella poniéndose físicamente muy atractiva. Es importante de mencionar que años atrás coincidimos en la entrada de un cine y, al verla, pensé saludarla con la esperanza de revivir aquella pasión pueril que la consumió durante algunos veranos pero, finalmente, decidí no hacerlo. ¿Por qué habría de recordarme? Ojalá lo hiciera —pensé—. No fui su primera vez ni nada importante, sólo le gustaba cuando éramos niños. Así que, esa vez, aparenté no verla y me escabullí entre la multitud.

Ese día fue diferente. No pude y no quise escabullirme, así que la saludé por su nombre. Ella correspondió con una sonrisa y un atisbo de duda, como si no me identificara o, posiblemente, como si le pareciera extraño que yo la saludara. Sin embargo, finalmente respondió y, sin dejar de sonreír mientras me veía, comenzamos a hablar. Frases amables y breves como vivo sola, el trabajo bien, he visto a tal o cual y demás tonterías que dicen y preguntan las personas cuando quieren ser amables, pero no saben qué decir o preguntar. Sin embargo, poco a poco comenzamos a hilar una conversación y, entonces, el tiempo voló mientras hablábamos.

Transcurrió una hora y yo tenía que irme, así que pensé en pedirle su número de teléfono, pero inmediatamente decidí no hacerlo porque lo consideré aventurado. Reflexioné sobre la posibilidad de que estuviera casada, sin embargo, no llevaba anillo y tampoco parecía que hubiera tenido hijos por sus pechos breves y cadera estrecha. Mientras calculaba las posibles consecuencias de pedirle su número telefónico, sus palabras interrumpieron mis arenosos pensamientos cuándo me dijo —Vamos a darnos los teléfonos, ¿no?

Pero qué clase de tarado soy —pensé—, me vi torpe o poco interesado, pero en ambos casos muy mal. Tenía que irme ya y, mientras nos despedíamos, me dio su tarjeta donde había anotado, al reverso, su correo personal y teléfono móvil. Yo le dicté mi número telefónico y cuenta de correo, porque nunca llevo tarjetas de presentación conmigo, ella los anotó en su Black Berry Bold y, entonces, me acerqué, la besé en la mejilla y le dije — ¿Quedamos alguna vez?

¡Qué frase de tarado es esa? —pensé—. ¡Quedamos alguna vez? ¿Qué se supone, en el nombre de Dios, que quise yo decir con eso? Ella me sonrió y me dijo que sí. Me despedí y salí del lugar.

Llegando a casa, miré la tarjeta y la dejé en mi cajón de pendientes, ese que todos tenemos lleno de cosas que se deben o quieren hacer pero no hacemos, pensando que mejor la buscaba la semana siguiente para no parecer muy desesperado. Más tarde, mientras veía el noticiero la recordé y decidí que no la buscaría. Guapa, exitosa y viviendo sola, seguro que tiene una vida hecha y sólo fue amable conmigo —pensé.

Al día siguiente mientras trabajaba, poco antes de la hora de la comida, recibí un correo de ella. Cuando lo vi, antes de abrirlo, comencé a especular, pensando que seguramente era sólo para saludar. Pero, después de abrirlo, descubrí que, además de saludarme, el correo decía que le había dado gusto verme y proponía que organizáramos algo.

Escribe "organizamos" en plural, por lo tanto se refiere a ella y su novio o marido o, peor aún, pensará en juntar a los que jugábamos de niños, en la típica reunión de gente sin quehacer que no vive su vida y necesita de sus recuerdos. Yo —pensé—, prefiero hablar del futuro que del pasado. Leí nuevamente el correo. También decía que podíamos vernos el sábado por la noche o miércoles siguiente en la tarde, listo como soy, consideré que era muy poco tiempo para lograr coordinar algo con otras personas y disponer ya de horarios.

Una vez más reflexioné sobre su imagen: esposo no tenía aunque novio era difícil de saber, pero no mencionó nada durante la conversación, cosa que comúnmente hacen las mujeres. Leí otra vez el correo y, en efecto, no se veía nada que indicara que hablara de alguien más que de nosotros dos; esto lo concluí activando las horas invertidas viendo muchos episodios de *Criminal Minds*. Entonces, tomé una decisión: ser directo. Le respondí que el sábado por la noche estaba bien, que la invitaba a cenar y le pregunté su dirección para pasar por ella. Pero pensando en la posibilidad de que ella dudara, en el texto del correo abrí la posibilidad de vernos en el lugar. Antes de enviarlo, pensé que si consideraba la invitación a cenar muy aventurada de mi parte, le respondería que tomáramos un café entonces; si respondía que tenía novio y que pensaba que fuéramos en parejas, yo rechazaría el vernos arguyendo que no salía con nadie esos días; y, finalmente, si la respuesta era que irían más personas con nosotros, amigos de la infancia seguramente, me excusaría siendo honesto, al decir que me sería complicado ver a tanta gente después de muchos años. Tampoco me hice muchas ilusiones sobre la deseable conclusión en mi automóvil, pero pensé que bajo toda circunstancia valía la pena salir con ella. Repasé las opciones y me di cuenta que estaba listo. Envié el correo una hora después de haber recibido el suyo.

Tres minutos después tenía la respuesta, estando preparado para todo, lo abrí y al leerlo descubría que ella, mostrando emoción, aceptaba mi invitación a cenar, que le parecía bien que pasara por ella y me describía con detalle cómo llegar a su apartamento. En ese momento, me pareció que algo no estaba bien, ¿me pide mi correo, me escribe para vernos y acepta salir a cenar nada más así? ¿Tan fácil? Entonces calculé las alternativas. La primera, era que seguro recién había terminado una relación y busca un salvavidas, yo no tenía problema con ello si había sexo; la segunda podía ser que fuera ninfómana y quería usarme, ésta era mi favorita; la tercera era que, nuevamente influenciado por *Criminal Minds*, ella era una asesina serial que selecciona víctimas en Cafés y era coincidencia que me conociera, pensé en avisar a un amigo donde estaría y con quién por cualquier cosa.

Llegó el sábado y en el camino a su casa iba pensando que seguramente estaría poco arreglada, con la pobre esperanza de ir a cualquier sitio plano y aburrido. Llamé en el interfono del conjunto de edificios, ella respondió rápidamente y me dijo que bajaba en unos minutos. Pensé que seguro me haría esperar mucho, típico en las mujeres que se quieren cotizar pero terminan por estar desesperadas. Bajó en sólo dos minutos y, para mí sorpresa, se veía guapísima, arreglada con sencillez pero correctamente, suficientemente bien para cualquier lugar. No mucho perfume, no demasiado escote, no mucha joyería. Al verla, dudé a dónde ir, no sabía qué ofrecerle, yo tenía mucha hambre pero no quería cometer errores, entonces recordé la frase de Duke Ellington "El músico sabio toca lo que domina", haz lo que sabes hacer cuando es importante quedar bien —reflexioné.

Le abrí la puerta de mi automóvil, sonrió y se subió. Tomé rumbo a la zona de la ciudad donde están aglutinados muchos bares y restaurantes, unos nuevos y otros de moda, compitiendo por la supervivencia, porque aún no había decidido donde cenaríamos y no quería mostrarme dubitativo, así que pensé que ya estando próximos a llegar podría decidirme. De camino, con el volumen de música suficientemente bajo para poder hablar con ella, inicié a romper el hielo con cualquier tema sin importancia, pero suficientemente divertido para hacer el camino más llevadero en el denso tránsito de la ciudad. Mientras conducía y hablábamos, yo miraba de soslayo su boca y, aunque lo pensé, decidí eliminarlo del menú de opciones para evitar una decepción, porque me parecía evidente, al verla y escucharla, que con ella no sería tan fácil lograr sexo oral en la primera salida, sobre todo en mi caso por la historia que teníamos a cuesta.

Con el hambre que tenía y previendo la posibilidad de que la oportunidad de sexo se escapara, decidí que más valía cenar bien y después, llegando a casa contento, me masturbara y durmiera tranquilo como Dios manda. Entonces, decidí que iríamos a uno de mis restaurantes seguros, por su buena cocina y, además, por ofrecer uno de mis mezcales preferidos. Ella estuvo de acuerdo, no pregunté si ya lo conocía, porque algo que he aprendido es a no dudar delante de una mujer, y preguntar mucho es, inconscientemente, síntoma inequívoco de duda.

Según lo planeado, de aperitivo pedí un mezcal Pelotón de la muerte y al escucharme ella sintió curiosidad y pidió uno también. Esta técnica siempre funciona, si le ofreces o, peor, insistes, puede dudar, pero si sólo lo pides ella sentirá curiosidad y querrá uno. Yo había calculado que con aperitivos, vino y digestivos estaríamos lo suficientemente animados para explorar la idea de algo más, pero sobrios para evitar que, a consecuencia de las bebidas espirituosas, yo hiciera el ridículo. Mientras cenábamos, hablamos y pude ver en ella a una persona con problemas, igual que todos los demás, pero con muchas ganas de ser feliz, no de ser alguien o tener dinero, sencillamente ser feliz; alguien que pensaba en disfrutar cada momento, vivir la vida y hacer lo que tuviera que hacer para ser ella misma. ¿Por qué muchas mujeres pueden pensar así con tanta facilidad? Mientras que yo vivo escondido detrás de todo lo que puedo, para evitar que me lastimen ¿Por qué para una mujer ser valiente es tan fácil y para mí es tan difícil?

Terminamos la cena y todo estuvo como yo esperaba. La buena comida y el buen vino me permitieron disfrutar mucho la noche y, a lo largo de la mezcla de viandas, bebidas y conversación, ella se mostró complacida. Finalmente, después del Sambuca Nero que yo bebí y el Kahlúa que ella combinó con su expreso, pedí la cuenta. Salimos del lugar. No era tan tarde pero hacía mucho frío. En el camino, mientras ella hablaba, yo analizaba la posibilidad de proponerle que fuéramos a mi casa a beber algo más, con la finalidad de ver si más bebidas espirituosas la hacían querer un poco de cariño. Pero mientras yo pensaba en cómo decirle, ella repentinamente preguntó si iríamos a mi casa o su apartamento, la sorpresa de mi parte fue mayúscula, afortunadamente, no dudé y tomé rumbo a mi domicilio.

Ya en mi casa, serví un par de bebidas y, antes de terminarlas, mientras yo pensaba cómo aproximarme para besarla, ella ya me estaba besando y, antes de que pudiera seguir calculando las alternativas, estábamos teniendo sexo. Fue maravilloso de inicio, la besé y la besé mil veces, me fascino su boca, su lengua, su perfume, la abracé y sentí pasión que en años no había sentido, mi corazón se aceleró, ataqué sus senos y mordí suavemente sus pezones.

Quise seguir mi ruta de los últimos años y hacérselo oral

primero, pero ella se rehusó, entonces terminé de desnudarla, me puse un condón con textura, me situé entre sus piernas y se lo comencé a meter. Fue complicado por la poca lubricación pero, después un poco de paciencia, logré entrar y, entonces, inicié a moverme primero atrás y adelante, suave, luego fuerte y finalmente haciendo círculos, después de un rato levanté sus piernas y lo metí lo más profundo y fuerte que pude. Ella jadeaba de tal forma que parecía disfrutarlo hasta que se relajó un poco, entonces le di la vuelta, la puse a gatas, se la metí y con mis manos en su cadera la jalaba hacía mí, entrando y saliendo con fuerza y ritmo, mientras ella nuevamente demostraba sentir placer a través de gemidos, hasta que se quedó quieta empujándose lo más posible contra mi pelvis, recibiendo las últimas e intensas oleadas de placer, indicándome que había llegado el éxtasis.

Entonces, se recostó y yo me acomodé junto a ella pensando que había llegado el momento de que yo llegara al éxtasis, porque ya era tarde y yo tenía sueño. Ella, que notó mis insinuaciones, me miró, sabiendo que yo no había terminado, me quitó el condón con lentitud y me comenzó a estimular con la mano, mientras lo hacía, yo intenté gentilmente llevar su cabeza a mi pene, pero ella se rehusó diciendo que le encantaría hacerlo pero que le faltaba más para eso, y yo pensé —¡Le falta más?— Pero si ya cenamos, fui encantador, tuvo orgasmo, son las 3 am y ¡le falta más?

Me molesté e imaginé la escena típica donde estoy en el baño masturbándome, porque con su mano, al ritmo que llevaba, le tomaría el resto de mi vida y yo tenía otros planes. La detuve y la abracé. Ya que se durmió, o fingió haberlo hecho, me levanté y fui al baño a ayudarme. Regresé a la cama, cerré mis ojos y, en lo que pareció ser sólo un segundo, comenzó a amanecer, entonces, me levanté, fui a la cocina y preparé café, ella bajó vestida al poco tiempo, bebimos y charlamos. La llevé a su apartamento y nos despedimos en la entrada con un breve beso, que me hizo pensar en dos niños que se despiden inocentemente. De regreso, mientras mi cerebro trataba de justificar el hecho de que no le importara que yo no hubiera terminado, en la radio de mi automóvil sonaba *Deja Vu* de Gustavo Cerati.

Tan pronto regresé a casa, me desvestí y me acosté. Más tarde, debajo del edredón, desperté y, después de pensarlo un poco, decidí no salir, dedicándome a ver la televisión el resto del día. Al día siguiente no pude dejar de pensar en lo fácil que fue tener sexo con ella, pero, independientemente de mi enojo porque yo no terminé satisfecho, el que me hubiera aceptado con tanta facilidad me llevó a darme cuenta de lo inseguro que soy.

Primero, lo más fácil fue pensar que ella era así con todos los hombres, luego, reconocí que yo era muy poco hombre al pensar eso y, sobre todo, ridículamente inseguro de mí mismo. ¿Por qué no pensar que yo era maravilloso y sabía comportarme a la altura? ¿Por qué no creer posible que ella, una mujer bella y fuerte, se fijara en mí y que yo le pareciera encantador? Es más fácil pensar que ella se acuesta con cualquiera en vez de ser yo alguien especial; es más fácil ser inseguro y juzgar que ser un hombre y construir; es más fácil ser un tarado, al menos para mí.

La seguí buscando porque me gustaba estar con ella, me gustaban sus besos, sus abrazos, su olor, lo mujer que era y sus reacciones de madurez frente a mis errores. Sin embargo, al paso de las semanas evité el sexo lo más posible, porque ella era egoísta y me dejaba insatisfecho, lo que después de varias veces empezó a ser molesto para mí. Evidentemente, esta tibieza la alejó de mí, porque seguramente nunca entendió lo que pasaba o, tal vez, no le importó mucho. Al paso de los meses, comenzó a rechazar invitaciones hasta que nos dejamos de ver, igual que años atrás.

Tiempo después, por azares del destino, coincidí con un amigo de la primaria que formaba parte de aquel grupo en un centro comercial. Sin hacer muy evidente mi interés, le pregunté por ella y me dijo que se había ido a vivir fuera por motivos de trabajo. Esa fue la última noticia que tuve. Sin embargo, me dejó tres enseñanzas. La primera fue que decidí que yo, al igual que ella, quería ser feliz, no tenía idea de cómo lograrlo, pero quería serlo. La segunda fue que yo sufro de miopía machista, que me impide ver que una mujer tiene el mismo derecho que un hombre a ser libre y, aunque siempre aseguré estar consciente de ello, cada vez que me topaba con una mujer hermosa y segura de sí misma, antes que otra cosa, pensaba mal de ella; así que decidí que jamás volvería a pensar mal de ninguna mujer porque sabe lo que quiere y, además, lucha por conseguirlo. Finalmente, ella me enseñó que era poco inteligente salir a la calle con mi suéter con la imagen de Igor, personaje amigo de Winnie Pooh, porque el día en que nos encontramos en el Café, yo lo llevaba puesto y ella me dijo que, además de hacerme ver infantil, Igor, era gay.

Capítulo 2: Los vinos

El maridaje

Maridar es una de las cuestiones más relevantes en el intento de conquistar por el paladar, tanto a uno mismo como a la fémina que viste de gala la mesa. Sin embargo, saber hacerlo no sólo se consigue con leer algunas guías y aprender de memoria los básicos, también es producto de la experiencia. En mi caso, después de muchos años, me ha dado mejor resultado pedir primero el vino, pues con ello me obligo a seleccionar los platillos acordes. Porque, de lo contrario, pedir primero los alimentos complica la selección de un vino adecuado a las características de las diversas viandas que se han elegido. Desde luego, en el camino del aprendizaje, todos cometemos errores y lo importante es aprender a reconocer, dentro de la plétora de opciones, cuál es la combinación adecuada. No la de moda, la más deseable, la más cara o barata, sino la que es adecuada.

Lo mismo sucede con el sexo: antes de hacer planes es importante evaluar cuál es la opción adecuada, no la que quisiéramos. De lo contrario corremos el riesgo de que los planes no salgan conforme a lo previsto y, tristemente, se pierdan grandes oportunidades. Porque hay que entender que para tener sexo, como mínimo, necesitas de dos, luego, la decisión y el placer es, igualmente, como mínimo de dos, lo que te obliga a tomar en cuenta lo que la otra parte desea o prefiere, en el ánimo de arribar a un punto medio en el que las cosas funcionen adecuadamente. Finalmente, cuando alguien decide que tendrá sexo, con una o varias mujeres, deberá estar seguro de que la contraparte está de acuerdo con todo el plan, ya que de lo contrario uno puede terminar practicando onanismo.

En una ocasión, mis amigos y yo decidimos hacer una orgía y, como nota curiosa, lo decidimos antes de que mujer alguna conociera nuestras intenciones; así que no podíamos tener la certeza que las ninfas aceptarían tener sexo con nosotros, ya sea grupal o por parejas. En resumen, el hecho de que nosotros quisiéramos tener sexo no significaba que lo consiguiéramos. Sin embargo, teníamos casa sola y la suerte favorece a los audaces, por lo que decidimos aprovechar tan valiosa oportunidad. Además, una buena idea se hace realidad cuando hay voluntad y, a nosotros, la voluntad para tener sexo nunca nos faltó; sexo sí, pero voluntad nunca.

Comenzamos a llamar algunas de nuestras amigas, pero enfrentábamos un problema común en la implementación de este tipo de proyectos: por lo regular, para vencer el efecto de la inhibición a la mayor velocidad posible o, en algunos casos, simplemente vencerlo, lo mejor era que las afortunadas se conocieran y existiera un grado alto de confianza entre ellas, ya que, si no es así, las mujeres tienden a preferir disimular antes de que se piense mal de ellas. Además, al ser tres nosotros, teníamos que encontrar un grupo de igual magnitud ya que podríamos enfrentar otro problema típico: el cuello de botella. Lo anterior con base en evidencia empírica, resultado de la famosa frase todos para una y una para todos, en la que siempre el último llevaba la peor parte. Finalmente, llegamos a la única familia con tres hermanas disponibles y ávidas, según nosotros, de este tipo de diversiones.

Después de llamarlas y que aceptaran, comenzó la repartición, es decir, matamos la vaca antes de comprarla. Lo que nosotros no tomamos en cuenta fue que una de las hermanas, la menor de ellas, se sentía atraída por uno de nosotros desde tiempo atrás pero, inexplicablemente, en nuestra repartición ella no era correspondida por su preferido. Entonces, antes de que llegaran, y mientras bebíamos unas cervezas, desarrollamos nuestro concupiscente plan, el cual someramente consistía en tres etapas: primero, les ofreceríamos bebidas espirituosas; luego, ya algo embriagadas, iniciaríamos un juego con castigos que irían subiendo de tono hasta llegar al clímax, que sería cuando la castigada hiciera sexo oral al premiado.

Evidentemente, esto era muy arriesgado porque no era tan fácil de pedir y menos de lograr pero, después de una discusión, pensamos que el plan podía funcionar. Para empezar, en el pedir está el dar; luego, ya habrían bebido mucho y, finalmente, era una forma de mostrarnos sin inhibición y lograr que ellas, gracias al *bandwagon effect*, hicieran lo mismo, logrando el punto número tres de nuestro plan: la ejecución de una orgía. Sonaba sólido. Una vez que hubiéramos puesto el sexo sobre la mesa, iniciaríamos cada quién con su cada cuál y luego haríamos el intercambio.

Más tarde, cuando ellas llegaron, rápidamente les ofrecimos algunas bebidas que rechazaron, prefiriendo beber Coca-Cola con hielo. A pesar de que eso no estaba dentro del plan, decidimos seguir adelante, con la esperanza de que durante el juego, con los castigos, lográramos que bebieran otra cosa. Después de un rato, propusimos jugar con naipes y ellas aceptaron. Desafortunadamente estaban lúcidas, porque sólo habían bebido Coca-Cola, mientras nosotros teníamos ya varias rondas de cervezas encima, lo que ocasionó que, como consecuencia de los castigos, sólo nuestra ropa se fuera acumulando en el montón del centro y, cuando ya estábamos prácticamente desnudos, comenzaran a propinarnos, alegremente, baños de agua fría con la eventual complicidad de cada uno de nosotros que, llevado por la calentura, traicionaba a los demás.

Finalmente, después de un rato de jugar y prefiriendo evitar un problema entre ellas, por nuestra insistencia de asignarlas según nuestro plan inicial y sin tomar en cuenta varias insinuaciones que nos hicieron de lo contrario, decidieron irse. La verdad es que de bufones ya les habíamos servido y sólo podíamos ofrecerles bebida, películas porno en video y sexo, así que, a pesar de nuestras súplicas, se despidieron y salieron. Mientras en el viejo estéreo de la casa se escuchaba *Devuélveme a mi chica* de Hombres G.

Tan pronto se habían ido, a uno de nosotros se le ocurrió que las invitáramos a cenar e intentáramos regresarlas a la casa después de la cena. Era una vergüenza tener que gastar dinero habiéndolas tenido en la casa, pero ante semejante derrota era importante que intentáramos rescatar la situación a cualquier precio. Nos vestimos y salimos a buscarlas tan rápido como pudimos, desafortunadamente tardamos más de lo deseable y, cuando salimos a la calle, ya estaban hablando con los chicos malos de la unidad habitacional donde vivíamos. Es importante decir que eran malos porque eran más grandes de edad y, además, uno de ellos tenía automóvil, así que, al ver la situación, sólo atinamos a pasar de lado y a regresar a la casa por otra calle, para terminar viendo una película pornográfica. Es triste pasar el tiempo viendo lo que pensaste podías protagonizar.

Sólo puedo decir que, en defensa del honor de mis amigos y el mío, el destino fue benévolo con nosotros ya que al paso de un año, aproximadamente, uno de los chicos malos se tuvo que casar con una de ellas, porque la dejó embarazada y sus vidas cambiaron para siempre, dejando las comodidades de la vida del estudiante para empezar una vida juntos. Siempre me he preguntado qué habría pasado si nosotros hubiéramos asignado a la menor con su preferido. ¿Alguno de los otros dos habría embarazado a la otra también? La sabiduría urbana nos dice que el pretérito imperfecto subjuntivo del verbo haber no existe, sin embargo, siempre lo conjugamos.

La inhibición de preguntar el precio de un vino

Seleccionar un vino, para la cena, es algo que cualquiera puede hacer pero no todos sabemos hacerlo. Es importante entender que el buen conocedor de vinos sabe que no lo sabe todo y, entonces, preguntar es la reafirmación de un profundo conocimiento. Por ejemplo, si el *sommelier* sugiere un vino sin mostrar la carta, es muy válido preguntar el precio, porque, si conoces la botella sugerida, sabes lo que aproximadamente cuesta en otros restaurantes, tiendas minoristas y de especialidad.

En caso de no conocer la botella, puedes evaluar la conveniencia y estimar el precio en función del país, denominación, varietal, año y, sobre todo, el lugar donde te lo ofrecen. Lo importante es vencer la inhibición que, delante de una bella doncella, experimentamos para preguntar el precio de la botella, normalmente por no querer aparentar que escatimamos dinero al invitarla a salir, ya que, evidentemente, existe una correlación negativa entre escatimar dinero y recibir cariño; así, si escatimas te escatiman.

Sin embargo, preguntar el precio de la botella puede ahorrarte un sinsabor, al no verte sorprendido por un precio excesivo al momento de revisar la cuenta, y, más importante aún, mostrarte delante de ella como alguien decidido y sin inhibiciones que es una cuestión fundamental para el sexo. Porque, como hombre, en ocasiones, es necesario tomar la iniciativa y desnudarse por completo o, con un poco de suerte, si es el momento adecuado, sólo una parte.

Recuerdo que salí algunas veces con una chica, que me gustaba mucho, pero con la que nunca logré nada más que algún tímido escarceo, porque nunca quiso tener sexo conmigo. Por esta razón, cuando, por temas de trabajo, tiempo después volvimos a vernos, no quise perder la oportunidad de ver si lograba, con un poco de suerte, concluir con ese capítulo de mi vida. Recuerdo que, cuando salíamos, ella tenía un cuerpo espectacular que yo me moría por usar, pero la inercia de los años la llevó a verse un poco fuera de forma, lo que a mí no me importó porque en realidad me seguía atrayendo y, sobre todo, sus besos me gustaban mucho, lo que más de una vez me hizo tener fantasías con ella de rodillas, vestida de oficinista, dándome sexo oral furtivamente en el área de copiado.

Después de nuestro breve reencuentro profesional, con una llamada telefónica quedamos en vernos al día siguiente. Ella insistió en ir al cine y yo, con la esperanza de tener sexo, acepté. Después de colgar, me arrepentí. Había experimentado múltiples decepciones por volver a salir con una mujer tiempo después de haberla dejado y, también, ya sabía que ella no quería acostarse, al menos no conmigo. Y aunque pudiera darse algo, estaba seguro que ofrecería resistencia, cosa que de pensarlo me molestaba bastante porque, a mi edad y con mi experiencia, ya no estaba yo para estar insistiendo.

Al día siguiente, como todos los martes por la mañana, jugaba raqueta con uno de mis mejores amigos, casado y más joven que yo, y mientras calentábamos, le comenté la situación con esta mujer y mis dudas sobre ir al cine con ella o no hacerlo. Mi amigo, en tono de burla, me aseguró que yo terminaría yendo, a su comentario respondí con un severo no, explicando que cancelaría cuando ella me llamara para confirmar la hora y que no la volvería a ver. Él se rió. —Te apuesto a que terminarás yendo y haciendo estupideces como acostumbras —sentenció en tono dogmático—. ¿Por qué los casados piensan que lo saben todo y qué tienen mucha experiencia para dar consejos? ¿Aún cuando sean más jóvenes que uno? De verdad que me molesta que alguien que decidió casarse, que además quiere que yo lo haga también, porque no soporta la idea de que me la pase bomba como soltero, me de consejos sobre lo que está bien y lo que no lo está, sobre todo cuando, además, en sus tiempos de soltero le tiraba a todo lo que se movía. Y, peor aún, cuando casi siempre tiene la razón.

Aunque no acepté apostar nada con mi amigo, decidí que no vería a esta mujer y que tan pronto llegara a la oficina cancelaría la cita. Sin embargo, lo olvidé. Por la tarde, después de la oficina yo tenía programada cita con la dentista y, al llegar, saludé a la recepcionista quien, para mi buena suerte, porque no me gusta esperar, me pasó inmediatamente. Una vez dentro del consultorio, mi dentista me saludó amablemente, me acosté en el sillón del paciente y apagué mi Nokia. Cuando estaba por comenzar el suplicio, me di cuenta que ella tenía bonita boca pero, antes de que pudiera pensar otra cosa, me inyectó la anestesia. Minutos más tarde, al tiempo que yo era objeto de tortura medieval, escuché, mezclado con el sonido del taladro, a Lorena Mckennitt interpretando *Mystic Dream*, entonces, cerré los ojos.

Una vez que la dentista había terminado conmigo, salí del consultorio y encendí mi teléfono, inmediatamente recibí una alerta de un SMS. Era de ella, que me había escrito una hora antes, diciéndome que ya tenía boletos para la función de las 7:20 pm y, en ese momento, eran las 7:21 pm. Le llamé para decirle que llegaría tarde y, avergonzado, le solicité que me dejara el boleto en la entrada de la sala del cine donde veríamos la película. Lo hice, no porque me hubiera arrepentido de mi decisión, sino porque hubiera sido una gran descortesía dejarla plantada con los boletos.

A las 7:50 pm entré al cine corriendo, la busqué y me senté a su lado. Después, al salir, le dije que me dolía la cabeza, ella me ofreció una aspirina y nos sentamos a tomar café, dijimos estupideces un rato y, ya en su automóvil, estábamos besándonos. Sin embargo, todo parecía indicar que no conseguiría nada más que unos besos, una entrada al cine y un café, ¡Nada más! Qué pérdida de tiempo, la verdad, para ir al cine y dar besitos mejor tendría novia, pensé. Yo hubiera deseado llevarla a la cama, para que, con más confianza, las siguientes veces que nos viéramos ella ya fuera dócil y me complaciera en mi automóvil con facilidad. Sin embargo, cuando le dije que fuéramos a un motel me respondió con la clásica estupidez —Es que yo no soy así— . ¿Cómo es, en el nombre de Dios, eso de yo no soy así? O sea, ¿no tiene sexo? ¿No ha tenido sexo a los 32 años con un cuerpo que, entre los 26 y los 30, lo pedía a gritos? ¿Es que ella no se acuesta con nadie después de ir al cine si la película le ha parecido mala? Ya, ya lo sé, me lo dijo —Sí me quiero casar, no necesariamente contigo, pero quiero una relación estable y que si se da que bueno, si no, pues no pasa nada...

Seguramente tengo cara de imbécil, porque hasta un niño de de cinco años podría explicarme que lo que estaba diciendo entre líneas, era que no se acostaría conmigo sino hasta después de salir juntos un tiempo, cuando pudiera cerciorarse de que sólo salía con ella y la tomaba en serio, es decir, los viernes de copas o a bailar, los sábados comida y cine, y los domingos algo familiar, sin olvidar la típica reunión aburrida con sus amigos, para presentarme en sociedad como el nuevo candidato. Pero la pregunta es, ¿por qué aceptó salir cuando sabía que yo lo que quería era sexo duro? Sin embargo, ella no se despedía o me hacía insinuaciones de que tuviera que irse, además había comenzado a llover. Así que, sin perder la esperanza, porque ésta muere al último, ya sin la intención de convencerla de ir a un motel, y guiado por la honesta curiosidad de saber hasta dónde me permitía llegar, decidí cambiar la táctica. Comencé a besarla en el cuello y a buscar con mi mano su escote, después de pasearme por sus pezones, que se endurecieron bastante pronto, intenté entrar entre sus piernas, pero vi frustrada mi intención por su mano, así que se la sujeté y, gentilmente, la llevé a mi braguета, para mi sorpresa, la mantuvo y comenzó a frotarme por encima del pantalón, sin que me produjera mayor placer, pero despertando en mí la esperanza.

En ese momento, decidí vencer la inhibición y haciendo gala de valentía, mientras nos besábamos, comencé a bajarme el cierre y, después, introduje su mano dentro de mi pantalón. Ella me tomó el pene y comenzó a acariciarlo, aumentando mi excitación, entonces, sujetando su mano con la mía, la ayudé a sacarlo de la bragueta, dejándolo expuesto a su escrutinio, después, levanté un poco la cara de tal suerte que ella comenzó a besarme en el cuello, luego, mientras seguía moviendo su mano, comenzó a inclinarse hasta llegar a mi pene, posando sus labios en el glande y besándolo suavemente, acto seguido abrió la boca, lo introdujo lo más adentro que le fue posible y, mientras lo mantenía sujeto con su mano, comenzó a moverse, provocándome placer al tiempo que yo veía como su cabeza subía y bajaba. Yo había deseado tanto estar así con ella, que no pude resistir acomodar el espejo retrovisor del automóvil, en el ángulo necesario, para verla haciéndome sexo oral, al tiempo que yo sentía su saliva fría escurriendo por mi pene, también algunas de sus piezas dentales, sobre todo en el glande; sin embargo, el placer era excelso y después de unos inigualables minutos comencé a sentir que mi orgasmo se precipitaba y, mientras ella seguía subiendo y bajando con ritmo, eyaculé en su boca. Cuando yo estaba dejando todo mi semen en su garganta, ella emitió unos sonidos extraños, similares al sonido que se ocasiona al absorber una paleta que esta toda dentro de la boca, pero para mi sorpresa, se tragó todo, lo que hizo que mi orgasmo fuera completo. Una vez que terminé de eyacular, ella se levantó y, sin mirarme, se recargó contra el asiento como si acabara de concluir un examen para el que estaba preparada, pero tenía miedo presentar. En ese momento reflexioné que era arriesgado que, cuando te dan sexo oral, ella sea la que está en el asiento del piloto porque si, por cualquier razón, era necesario escapar con celeridad, ella tardaría más en hacerlo por estar agachada. Encendió el automóvil, acomodó el retrovisor y, mientras yo guardaba mi pene aún erecto dentro de la cremallera, llegamos a donde yo había aparcado mi vehículo, la besé furtivamente, quedamos de vernos el fin de semana, salí de su automóvil y me dirigí rápidamente al mío porque caía una tormenta. Una vez que ella se alejó, di marcha en dirección a mi casa.

La siguiente semana que estaba, como todos los martes, en el deportivo listo para jugar raqueta, las carcajadas de mi amigo resonaban con el eco de la cancha, cuando le dije que la había visto y que ya estábamos saliendo. A pesar de que le expliqué la razón por la que decidí verla, aunado a que ella me gustaba mucho y ya habíamos salido tiempo atrás, no dejó de molestarme hasta que comenzamos a jugar.

Desafortunadamente, enamorarse es muy fácil, basta darse el tiempo de observar, mantener la mirada alta y poner atención a los detalles. Así que muy pronto yo estaba enamorado. Por desgracia, ella no lo pudo entender y decidió dejarme, para que yo tuviera tiempo para mi nuevo amor. Sin embargo, como la mayoría de las veces, tuve un aprendizaje: No mostrar inhibición es un atajo al sexo, porque a las mujeres no les gustan los hombres tímidos, les gustan los hombres audaces que se muestran seguros de sí mismos. Pero, también, dicho de una forma soez, es importante saber cuándo bajarse el cierre.

Trasvasar y decantar un vino

Trasvasar es algo que se puede hacer con todos los vinos, aunque por razones diferentes. Normalmente, en el caso de vinos de guarda, con posibilidad de posos, transvasar es importante para decantarlo. Por su parte, en vinos jóvenes, esta operación tiene la finalidad de oxigenarlos y abrirlos con rapidez. Como todo en la vida, existen cánones pero siempre hay excepciones. Así que, dependiendo de las circunstancias, es posible pedir el trasvase de un vino o no hacerlo. Lo mismo sucede con las relaciones humanas cuando, por ejemplo, conoces a una persona que te gusta y quieres estar con ella, pero los cánones que has establecido en la vida te dicen que debes alejarte para evitar daños irreparables y, aunque existirán las excepciones, muchas veces, por detenernos a evaluar lo que se debe o puede hacer perdemos de vista lo importante.

Esta chica era algo especial, de verdad que lo era. Tenía la capacidad de no rendirse, de no permitir bajo ninguna circunstancia que algo empañara su felicidad. Recuerdo que fue la más feliz cuando descubrió los condones de poliuretano, porque no soportaba el látex. Cuando le pregunté qué hacía antes de descubrirlos, con una sonrisa, me respondió que había aprendido a tener hasta 5 orgasmos en menos de 10 minutos.

Un día, debatiendo con ella, volteó mi mundo de cabeza cuando me dijo lo equivocado que estaba al intentar encontrar el significado de la vida, que siempre me he cuestionado, porque no está en algún lugar, persona u objeto, haciendo inútil vivir en la búsqueda incesante de algo que no sabes qué es y esperar que, al encontrarlo, te sublime, redima o consagre. Ella me dijo, esa vez, que el significado de la vida lo puedes ver en todos lados, que muchas veces sólo necesitas abrir los ojos y muchas otras sólo cerrarlos...

Salir con ella fue estar con alguien a quien no le sorprendía escucharme, a la que no se le subían los colores, que no cometía errores producto del nerviosismo o que no mostraba avidez por una muy próxima segunda ocasión. Recuerdo que cenando, en uno de los lugares en los que me sentía como jugador local, hasta ese día, le dije que a un país se le podía conocer por su gastronomía, ella, con su fantástica sonrisa, me dijo que se conocía mejor teniendo sexo con alguien del lugar, que ella lo había probado teniendo algún romance en cada ciudad que había visitado y que yo debería probarlo alguna vez. Consideré este comentario grosero de su parte. Evidentemente me hubiera fascinado hacerlo, y si no lo había hecho era porque había viajado y aprovechado los viajes menos que ella. Afortunadamente,

PARA TODO MAL SEXO ORAL

cuando hizo el comentario, yo ya había terminado mi filete término medio a la pimienta con papas fritas de guarnición.

Debo confesar que era muy lista, porque, después de la vapuleada intelectual que me dio durante las copas, la cena y el café, afuera de su casa, dentro del automóvil, me hizo sexo oral. Sin embargo, antes de eso, tuve que hacerle a ella varias cosas. Inició con un beso que fue interrumpido cuando yo, con una mano, llevaba unos minutos acariciando uno de sus senos y ella, entre sonrisas, dijo —tengo dos—. Después, cuando consideré que había llegado el momento, ataqué la vagina y, nuevamente, sonriendo me dio indicaciones de como prefería la estimulara. Luego, mientras lo hacía, me fue dirigiendo hasta que me llegamos al punto de su preferencia y, en ese instante, me pidió más velocidad. Terminó y comenzó a reír. Siempre reía.

Me empujó sobre del respaldo de mi asiento y, mientras me miraba y sonreía, con su mano derecha, comenzó a sobarme el pene sobre el pantalón, yo, con algo de nervios, no me movía, luego ella me dijo que no fuera tímido y que lo sacara, porque no quería correr el riesgo de lastimarme al bajar la cremallera, que ya había tenido experiencias desagradables. No pregunté nada, no quería saber y menos en ese momento. Me saqué el pene y ella me besó, al mismo tiempo que lo sujetó gentilmente con su mano, luego suspendió el beso y dirigió su boca a mi pene, lo introdujo y comenzó a presionar con los labios al mismo tiempo que con la lengua acariciaba el glande, unos momentos después, mientras que con su mano subía y bajaba por el pene, comenzó a emular el movimiento con la cabeza, sólo que mucho más lento y manteniendo la concentración en el glande. Yo experimentaba un intenso placer en ese momento, era como si ella me conociera de toda la vida y, mientras sujetaba su cabello con mi mano derecha, minutos después, comencé a eyacular en su boca. En ese instante ella se detuvo y, sin soltar el pene, ejerció presión con los labios y la lengua en el glande. Una vez que había salido todo, se levantó y buscó en su bolso un pañuelo, que con una sonrisa me ofreció. Después de mirarme unos segundos, se despidió dándome un beso en la boca y se bajó de mi automóvil, mientras en el reproductor de CD sonaba *Sorry* de Madonna.

Al día siguiente, la contacté a través de Messenger y le propuse que fuéramos a cenar, ¿en domingo? —respondió—. Qué vergüenza, pensé. Le ofrecí vernos el siguiente jueves y ella accedió. Salimos de copas pero, esta vez, decidí que fuéramos a un lugar que fuera nuevo para los dos, ya que jugar de local parecía que con ella no me daba ventaja y, además, le daba un toque novedoso, entrópico, que lo hacía emocionante para mí y divertido para ella. Terminamos en la cama. Al día siguiente, cuando se despertó, me pidió que la llevara a casa porque sus padres, con quienes vivía en esos momentos, seguro estarían algo preocupados. La llevé y, después de dejarla, busqué dónde desayunar porque moría de hambre.

Nos vimos durante un tiempo y, en un inicio, a mí me fue difícil entender por qué seguía conmigo si yo, a mi parecer, no le ofrecía mucho más que poder pagar la cuenta y sexo, siguiendo siempre sus precisas instrucciones. Sin embargo, con el paso de los días, a través de diferentes conversaciones, me di cuenta que ella le gustaba clasificar cosas, todo lo tenía etiquetado y, una vez que lo había hecho, lo archivaba en las diferentes gavetas de color rosa que tenía en su recámara. Entonces entendí que lo nuestro no duraría mucho y me preocupé, porque ella, en ese momento, ya era importante para mí. Finalmente decidí dejarla, porque yo ya había sido parte de su colección y no quería correr el riesgo de la sorpresa de un adiós. Un día, sencillamente, no volví a llamarla, buscarla o escribirle. Ella tampoco a mí. Mientras duró, fue divertido para ambos; para mí por su habilidad para ciertas cosas; para ella, porque se deleitó bastante conmigo propinándome palizas intelectuales y, además, porque creo que le fue complicado clasificarme y, con un poco de suerte, tal vez, nunca lo haya conseguido. Pensar esto último, todos los días, es lo que me ha dado la fuerza para no buscarla porque era posible que me lastimara y yo no debía correr el riesgo, sin embargo, estar con ella, entre muchas otras cosas, era emocionante, lo que hizo que fuera tan importante en mi vida.

La cava

De un restaurante podemos aprender cómo estructurar la cava que todos debemos tener en casa, considerando que la sección de vinos debe ser una mezcla adecuada de precios, calidades, varietales, denominaciones y edades, además de estar determinada por los ingredientes de la dieta que comúnmente llevamos. Al final, serán más tintos que blancos, un par de espumosos y alguno para postre. Es importante de mencionar que a la selección de vinos, dentro de la cava, se le debe dar rotación constante, sin embargo, es común encontrar que, algunas personas, tienen vinos interesantes pero los dejan para después, a la espera de un momento especial; ese momento que hemos visto tantas veces, al final de la película, en la sala de un cine. Reservar un vino interesante, más allá de la guarda necesaria, en espera de que suceda algo que merezca abrirlo, dificultará más la decisión de hacerlo, porque ¿cómo saber que no habrá una mejor ocasión si ya ésta es mejor que la anterior? Todo esto sin olvidar el hecho de que el vino puede perder su mejor momento. Así es el sexo, es algo que podemos disfrutar y ya, porque nunca habrá mejor momento que aquí y ahora. Es terriblemente triste ver bellas mujeres dotadas de las herramientas necesarias, en muchos casos, con generosidad, que deciden guardarse para una mejor ocasión sin pensar que probablemente ésa era la mejor ocasión. En mi experiencia, puedo decir que ese momento ideal llega, pero nunca como lo imaginamos.

Muchas veces el trabajo nos da algo más que dinero y una posición social. Por ejemplo, a veces involucra actividades divertidas que rompen con la monotonía de la oficina. En alguno de mis tantos empleos, una de mis actividades era asistir a eventos socialmente bien vistos, para supervisar que todo estuviera bien, y que me servían para invitar al sabor de la semana e impresionarla, pero, después de algunas veces, perdí el interés en los eventos de este tipo y comencé a ir sólo, con el fin de pasar inadvertido y retirarme temprano. En una de tantas veces, caminando hacia la salida del lugar, fui sorprendido por su estampa a unos metros de distancia. Debo confesar que, al verla, me sentí incómodo y, por unos segundos dudé, aunque, finalmente, pensé en la posibilidad de revivir algunos recuerdos y comencé a caminar hacia ella, cuando, entre las personas que la rodeaban noté que un hombre que estaba con ella, desafortunadamente ya era demasiado tarde para evitar saludarla porque ya me había visto. Me aproximé y, con una sonrisa, la besé en la mejilla al tiempo que la saludaba por su nombre, ella correspondió el saludo llamándome también por mi nombre y, después, me presentó a su novio. Cuando estaba apunto de despedirme, sin que yo lo esperara, se aproximó la organizadora que, evidentemente, nos conocía a ambos y se incorporó al grupo, dificultando la oportunidad de escabullirme. Finalmente, al ver a la organizadora con nosotros, uno de los meseros se aproximó y ofreció bebidas que todos aceptamos. Una vez con la copa en la mano, nuestras miradas se encontraron nuevamente, mientras todos, en el pequeño e espontáneo grupo, comentábamos cualquier idiotez sobre el evento. En ese instante los recuerdos me asaltaron, al tiempo que bebía un sorbo de Veuve Clicquot que me había ofrecido el mesero y, en el sonido del lugar, se comenzó a escuchar *As the rush comes* de Motorcycle.

Ella, en sus veintes tempranos, caminaba junto a mí en un centro comercial y yo, como siempre, intentaba a través de la conversación llevarla a la cama, sin embargo, ella, como en muchas otras ocasiones, se rehusaba. En algún momento llegamos al tema que a las mujeres no hay quien las entienda y, entonces, le dije que tiempo atrás yo había comprado un libro titulado Psicología de la mujer y que, al abrirlo en casa, descubrí que estaba completamente en blanco, cada página. Lo más divertido fue que ella lo único que atinó a decirme, realmente molesta, fue —¿Y no regresaste a reclamar?—. Yo creo que jamás me he reído tanto. Ella, sonrojada, intentó justificar su error. Después de ese momento, realmente comenzamos a estar cerca el uno del otro, porque es por momentos como ese, con errores o descuidos, que llegamos a conocer y a querer a las demás personas. Después de pasar la tarde con ella, escuchando, entre besos, que sí quería pero tenía que estar segura que yo era el hombre ideal, le propuse que fuéramos a un hotel con la idea de estar más cómodos y seguros, en lugar de estar en el automóvil besándonos, pero ofreciendo que nos detendríamos tan pronto ella me lo indicara. Debo confesar que ese era mi último intento y que yo, como de costumbre, ya había hecho mis maletas mentales para no volver a buscarla más. Inesperadamente, me dijo que sí. Yo no lo podía creer, me tomó tan de sorpresa que, emocionado, como un niño pequeño, exclamé: ¡¿De verdad?! Ese error, después de miles de elocuentes y seductores discursos, estuvo a punto de costarme todo, pero, afortunadamente, después de su cara de extrañeza, atiné a decir: Es que eres la mujer más bella que he conocido.

Llegamos y, una vez en el hotel, nos besamos. De los besos pasamos a las caricias y, poco a poco, con perseverancia, a la desnudez. Valió mucho la pena tanto tiempo de espera, porque de verdad que yo merecía que, después de numerosos piropos, agudezas mentales, súplicas y escarceos intensos, por fin estuviéramos en la cama. Yo como siempre, tenía muy claro mi plan, por lo que inicié, tan pronto como pude, a hacérselo oral, porque ayuda al tema de lubricación y, además, facilita llegar al orgasmo o, inclusive, puede hacer que ella llegue al éxtasis antes de metérselo. Después de unos minutos, sintiendo en mi lengua su sabor y sus lindas manos entre mi cabello, subí y me acomodé sobre de ella y, sujetándola un poco por las piernas, se la metí fácilmente, gracias a lo lubricado de su vagina, entonces, comencé a moverme despacio, en círculos, porque yo quería que ella lo disfrutara mucho para que pudiera tenerla muchas más veces. Un tiempo así, luego, giré y la indiqué que se pusiera sobre de mí, ella obedeció, se montó en mí, acomodó mi pene en su vagina, presionó un poco y, una vez lo tuvo dentro, comenzó a moverse, yo, mientras ella subía y bajaba, apretaba con mis dedos sus pezones, luego me incorporé un poco y, con ella sobre de mí, me aproximé a la orilla donde, sentados los dos, uno frente al otro, nos besamos al mismo tiempo que, aprovechando el movimiento de la cama, manteníamos el ritmo. Después de un poco, le di la vuelta y la puse a gatas, se la metí por la vagina con ayuda de mis dedos y, una vez dentro, la jalé por las caderas, mientras veía sus lindos talones al borde de la cama. Noté que, de vez en vez, ella apretaba los deditos de los pies como intentando hacer un puños con ellos. También le pude ver el ano, probablemente, la parte del cuerpo que más vergüenza nos da, tal vez porque es la que pasa más tiempo oculta. Pensé en intentar metérselo por él, pero reflexioné sobre la complicación de las primeras veces, finalmente, ya la tenía en la cama, ya no tenía ninguna prisa. Seguí jalándola por la cadera, mientras empujaba mi pene en la dirección contraria al movimiento de mis manos, poniendo atención a sus suaves gimoteos para mantener el ritmo facilitando el orgasmo, porque esto del sexo es como manejar un automóvil deportivo de oído, tienes que saber muy bien cuándo hacer los cambios, al final, la mujer no tiene tacómetro. Finalmente, llegó. Bien, porque yo ya estaba un poco cansado y con ganas de tener uno también. Una vez que ella terminó, nos recostamos y estando juntos en la cama, la miré con ternura y, con todo y la vergüenza, le dije: Yo no he terminado aún.

Me dirigió una mirada que no pude interpretar, pero tampoco me importó mucho porque ella, después de un par de segundos de reflexión, se aproximó a mi pene erecto, lo tomó con la mano y lo metió en su boca. Una vez que lo tenía dentro, empezó a subir y bajar, mientras yo le detenía el cabello para poder ver su boca con mi pene dentro, hasta que comencé a sentir que la eyaculación se aproximaba y, cuando estaba sintiendo placer excelso, al recibir el primer disparo en su boca, se separó abruptamente. Fatal. Yo, en ese instante, con mi mano, continué estimulándome para poder terminar lo mejor posible, sin embargo, ya no fue lo mismo. Ella, se levantó y fue al baño a quitar los residuos de semen que en su rostro y cabello quedaron. Luego, se aproximó a la cama, se recostó boca a abajo y apoyando los codos en la cama, me miró y, con cierta timidez, dijo que la había tomado por sorpresa. Vaya, pensé, a mí también me tomó por sorpresa que finalmente aceptara tener sexo conmigo, así que supongo estamos a mano.

Era tarde ya y ella tenía que llegar a su casa. Nos vestimos, subimos a mi automóvil y la llevé a su casa. Estuvimos juntos durante un tiempo y, para evitar problemas, las siguientes veces que tuvimos sexo, siempre tuve la precaución de avisarle un segundo antes de eyacular en su boca, para que no me dejara a medias. Desafortunadamente, tiempo después, algo más parecido al hombre ideal llegó a su vida y ella, unilateralmente, decidió que dejáramos de tener sexo.

Después de eternos veinte minutos y dos copas de *champagne*, la organizadora tuvo que atender un asunto y, sin despedirse, sonriendo, nos dejó, entonces yo, aprovechando el momento, me despedí y me alejé de ahí, subí al elevador, salí a la calle y, mientras caminaba a mi automóvil, reflexioné que él que me presentó, como su novio, no era ni el anterior ni el posterior a mí, era uno más. Ya de camino a casa, mientras conducía, pensé que, tal vez, ella se dedicaba a coleccionar hombres ideales y sonreí, porque yo había sido uno de ellos, al menos durante un corto período de su vida.

El sommelier

Un *sommelier*, de un buen restaurante, debe ser capaz de ofrecer los vinos de gama alta sin parecer que necesita incrementar la cuenta para no perder el empleo, porque a mi entender el buen maridaje no se debe basar en el precio, se debe basar en la experiencia. Presionar a un comensal para que adquiera una botella de precio alto, en vez de la mejor posibilidad de maridaje, es un error común que muchas veces hará que la elección del vino no sea la ideal, reduciendo la experiencia gastronómica. Yo, en mi modesta vida de comensal, he tendido la suerte de encontrar botellas de vino que cumplen de maravilla con el cometido, sin que necesariamente sean las de precio más alto, gracias a que muchas veces mi presupuesto era limitado, otras veces porque la botella era realmente linda y, también, porque algunas veces tuve suerte al pedir un vino sin saber lo que podía resultar. Por eso, siempre que hablo con una mujer y le tengo cierta confianza pongo sobre la mesa, a la primera oportunidad, algún tema referente al sexo y, si todo procede bien, después le hago divertidas y respetuosas insinuaciones, con la intención de ver si llegamos a la cama o, en el mejor de los escenarios, a sexo oral en el automóvil. Sin embargo, nunca insisto demasiado, dicen que al buen entendedor pocos rechazos, además, es fundamental nunca perder la elegancia, aún en situación de necesidad extrema.

Eran las 15 horas de un día entre semana con apariencia de normalidad, salvo por el hecho que era el día de mi cumpleaños. Años atrás, desde la muerte de mi padre, había decidido dejar de festejarlo pero, como siempre sucede, hay personas que no se enteran y, desde temprano, había recibido algunos mensajes y llamadas de felicitación. Además, aunque fuera la fecha del día de mi nacimiento, ser emprendedor te hace trabajar más y mejor que cuando sirves a los intereses de otros y, por esa razón, para mi era un día de trabajo normal, sólo estaba comiendo brevemente, en la barra de un restaurante, para después continuar con mi jornada laboral. En ese momento, llegó el mensaje de una mujer de mi pasado, al leerlo, sonreí, apuré el último bocado de mi hamburguesa, término medio con tocino y queso *cheddar*, y comencé a escribir la respuesta, cuando la música de fondo me llevó a recordar muchas cosas, porque la música, así como muchas otras cosas en la vida, son hitos de nuestra existencia con significados diferentes para cada persona, pero todos ellos relevantes. Dejé de escribir un momento y, con la botella de cerveza Pacífico en mano, escuché, en el sonido del pequeño restaurante, *Por tu amor* de Alacranes musical.

Me le había insinuado en varias ocasiones, siempre en broma porque, además de casada, yo ya había aprendido la lección de nunca involucrarse con alguien de la oficina, sin embargo, no siempre está en uno el poder evitar. Recuerdo que, una tarde, al término de la jornada laboral, yo tenía que ver a mi novia en turno, sin embargo, por alguna razón irrelevante me dijo que se retrasaría, dejándome un par de horas libres. Como consecuencia de algunas situaciones dentro de la oficina, ese día, yo sentía ganas de hablar un poco, entonces, fui a buscar a esta mujer y, mientras hablábamos, llegó la hora de la salida, así que me dijo que tomáramos un café para terminar de hablar y yo, teniendo tiempo, acepté. Durante el trayecto, le propuse que mejor fuéramos a un bar, en vez de a un Café, lo que ella aceptó gustosa. Camino del bar, la densidad del tráfico nos hizo retomar la conversación antes de llegar al lugar, entonces, yo le dije que me gustaba una compañera del trabajo, pero que ella no me había dado alguna señal de interés y, además, no quería tener problemas en la oficina, pero que me gustaba mucho. Esto era verdad, una compañera despertaba en mi pasiones más allá de lo razonable, pero como trabajábamos juntos me hacía dudar en la conveniencia de salir con ella, además no me había dado entrada, lo que me ayudaba a ser firme en mi idea de mantener distancia. Sin embargo, mi acompañante entendió otra cosa y, en ese momento, todo inició.

—¿Y qué sientes por ella? —Me preguntó, con cierto morbo.

—Me gusta y, además, me parece muy interesante, es más la deseo, me es difícil estar cerca de ella sin empezar a excitarme —respondí.

—¿Quién es? —Preguntó ella con una cierta emoción que no logré interpretar.

—No te lo puedo decir —Eso porque yo sabía que era muy chismosa, sin embargo, en ese instante pensé que tal vez ella pensó que no se lo podía decir porque era ella y me daba vergüenza decirle. Debo confesar que sentí un poco de temor del probable desenlace, pero reflexioné que no era posible que pensara eso porque, además de ser casada y saber que yo tenía novia, era una mujer atractiva y muy segura de sí misma.

—Pero si tú eres muy atrevido ¿por qué no le dices lo que sientes? —Insistió.

—Aunque no lo creas, con ella me da vergüenza. —Eso fue lo peor que puede haber dicho.

—¿Soy yo, verdad? —me preguntó—, ¡válgame Dios! ¿qué podía yo hacer? hay un antiguo proverbio persa que dice que quitarle a una mujer su ilusión es como quitarle a un tigre su cría.

—¿Por qué no me habías dicho antes? Yo pensé que todo lo que me decías era en broma. —Insistió. Lo era, hasta este día, pensé.

—Pues es que me gustas mucho y me daba vergüenza que pensaras que yo estoy abusando de tu amistad, además no quiero tener ningún problema —Balbuceé, sin saber muy bien lo que estaba haciendo.

—No lo tendrás... —Me dijo esto en un tono insinuante y me besó aprovechándose de que el tráfico, el sempiterno ornato de nuestras avenidas, era más espeso que mis ideas.

Entonces, las cosas sucedieron rápidamente. Llegamos al bar, tomamos un par de tequilas y, bajo los efectos del alcohol, le dije que fuéramos a un hotel, ella aceptó de inmediato sin oponer la menor resistencia. Ya de camino, ella me tomó la mano y me dijo que estaba en sus días, yo, como siempre, respondí que a mí no me importaba, a lo que ella respondió: —Pero a mi sí. Entonces pensé: ¿A que diablos quiere que vayamos? nada más me quiere hacer gastar ¿no tiene, en el nombre de Dios, nada mejor que hacer y quiere ver la televisión? Pero antes de que mi mente abyecta empezara a elucubrar tal cantidad de anatemas, por haberme metido en tan decepcionante situación, ella me dijo: —No te preocupes, no te vas a ir a casa sin nada. —¡Uff! Qué buena era, ¿verdad?— Seguro que me lo chuparía y se lo dejaría meter por el ano o al menos una de las dos. Así fue, sólo una de las dos. Llegamos y comenzó un escarceo sobre la cama, después ella se puso encima de mí y se sujetó el pelo con una tenaza. Luego, comenzó a desabrocharme el pantalón, me lo bajó junto con mis calzoncillos lo suficiente para exhibir mi erecto pene y no manchar mi ropa, mostrando pericia en su proceder. Entonces me tomó por el pene e inició a estimularme, moviendo la mano desde la base, sobre los testículos, hasta el glande, sin ejercer demasiada fuerza para no lastimarme, después de un minuto o dos con mi pene en la mano, me miró y me dijo con voz muy seductora —Me encanta... —Al decirlo se agachó, sin dejar de sujetarlo y pasó su lengua desde los testículos hasta el glande, repitiendo la operación varias veces, lamiendo con fuerza como si quisiera hacerme un surco desde el escroto hasta la punta, después se lo metió a la boca apretando la mano que sujetaba mi pene, como si pensara que éste se podía ir a algún lado. En ese momento inició el verdadero placer, porque al mismo tiempo que comenzó a moverse con intensidad y ritmo, mientras sujetaba mi pene, con fuerza pero sin abusar, empezó a gemir, yo la sujeté por el pelo, porque la tenaza había volado ya y me dedique a ver como su nariz se aproximaba y se alejaba de mi vientre, luego moví la cabeza de lado para ver como se veían sus labios con mi pene entre ellos; así estuvimos unos minutos pero, desafortunadamente, ella se había cansado un poco y, justo cuando estaba empezando a sentir fuertes y constantes oleadas de placer, se detuvo, sin soltar mi pene, levantó la cara sonriendo —¿Te falta mucho...? —Preguntó con voz amable.   —No de hecho estoy por terminar. —Perdóname— dijo tan linda como siempre. Más rápido que deprisa se lo metió en la boca y comenzó moverse otra vez. Para no parecer abusivo, me concentré para terminar y un par de minutos después eyaculé. ¡Sentí estrellas! De verdad fue muy placentero. Entonces, cuando hubo obtenido hasta la última gota de mi semen en su boca, se levantó y mantuvo la vista fija en mí, lo que me permitió mirarla y conservar, para siempre, el recuerdo de su cabello, que parcialmente estaba sobre su rostro, y de su boca, de la que despacio escurría un poco de semen hacia la barbilla.

—¿Te gustó cómo te lo chupé? —Preguntó segundos después, rompiendo el silencio.

Dicen que la recompensa del artista es el aplauso y del mercader el dinero. De la mujer lo es el piropo, que también es importante en el sexo. Al aplaudir lo que está bien y señalar lo que está mal se estará más próximo al verdadero placer, igual que en los restaurantes, la gente siempre se queja de lo que está mal, pero ¿cuántas veces decimos, al mesero de un restaurante, cuando nos ha gustado la comida? Este platillo me gustó mucho, era lo que yo esperaba y quiero felicitar al chef, nunca; las cosas buenas hay que reforzarlas y las malas hacerlas notar y proponer posibles mejoras.

—Sí mi vida, lo haces muy bien —fue mi respuesta.

Aunque salimos en otras ocasiones, al paso del tiempo nos dejamos de ver porque, en la incesante búsqueda de mí mismo, cambié de empleo, de ciudad y de país. Sin embargo, siempre nos unió una bonita amistad y, con el arribo de nuevas tecnologías, mantuvimos en contacto en Facebook, Twitter y WhatsApp. Es importante explicar que, desde que contraté mi primer teléfono móvil, he conservado el mismo número telefónico, porque sé que el amor de mi vida me llamará algún día, no sé cuándo, pero lo hará. Sin embargo, mientras esa llamada llega, para hacerme el hombre más feliz del mundo, este teléfono me ha servido para mantener contacto en los últimos años. Así, el día de mi cumpleaños, me llegó un mensaje de esta mujer.

—Hola, ¿cómo estás?

—Bien y ¿tú?

—¡Muchas felicidades! ¡Feliz cumpleaños!

—Gracias por recordarlo... había estado pensando en ti. —Esto era mentira, sólo lo dije porque no atiné a escribir algo más y no quería parecer descortés.

—Jajaja ¡Mentiroso! ¿Cómo celebraremos tu cumpleaños?

Después de dudar un poco, decidí responder cualquier cosa, pero, como en los últimos años me causa gracia hablar en plural mayestático, respondí, sin pensar.

—Tendremos mucho sexo. —Casi 10 minutos después llegó su respuesta.

—No esperaba que me lo pidieras así, pero está bien, ¿a qué hora nos vemos?

Al recibirlo no pude evitar reír, de verdad que fue algo inesperado. En ese instante recordé un refrán árabe que dice que algo que pasa una vez puede que no vuelva a suceder, pero que si sucede dos veces seguro ocurrirá una tercera. Pagué la cuenta del lugar donde estaba comiendo, salí y caminé rápidamente rumbo a mi automóvil para ir a casa y acicalarme un poco, para la noche de sexo que el destino me obsequiaba con motivo de mi cumpleaños.

Con el tiempo aprendes que el sexo siempre está disponible para darnos cobijo, pero que somos nosotros los que nos equivocamos y complicamos la situación. Porque no podemos negar que nuestra existencia es sexuada, nacimos gracias al sexo, al menos, en la mayor parte de los casos, pero además de perpetuar la especie, el sexo produce placer en muchos sentidos. El sexo lo llevamos a flor de piel y puede, en cualquier lugar, germinar y dar como recompensa la flor del éxtasis. Es maravilloso cómo, en situaciones adversas y en apariencia estériles, puede sorprendernos con el más rico de los frutos y en otras no logra nada. De cualquier forma, el sexo está en todas partes, está en todos.

Capítulo 3: El menú

El platillo del día

Un viejo proverbio inglés dice que el jardín del vecino siempre es más verde. Si el platillo del día, en un restaurante, se ve apetecible los comensales de otras mesas también lo pedirán y se terminará rápidamente. Los clientes que no lograron probarlo se decepcionarán y lo desearán, más porque no lo tuvieron que porque realmente fuera de su interés. Así es con las mujeres, en un bar por la noche o cenando en un restaurante, siempre me parece más interesante la mujer que está acompañada de un hombre que las que van solas, porque pienso que ella debe hacer algo muy bien para que él prefiera su compañía a la de otros hombres, sus amigos, por ejemplo. De igual forma, si yo fuera mujer llamaría mi atención un hombre, en un bar o restaurante, que estuviera acompañado por alguna chica, porque sabría que él prefiere la compañía de una mujer que la sus amigos, lo que lo hace interesante y, además, inteligente.

Con esta joven todo fue muy rápido y sucedió durante mi visita a una feria, que se celebraba en una de las tantas provincias de mi país. Estando en un bar, de pronto la noté observándome a lo que respondí con un guiño acompañado de una sonrisa, ella me sonrió y se volteó rápidamente cuando regresó su novio a la mesa. Preferí arriesgarme con ella, que con cualquiera de las chicas que estaban en el lugar bailando entre ellas y buscando, afanosamente, algún tipo de compañía. Afortunadamente, el alegre, bucólico y contemporáneo grupo de jóvenes que la acompañaba estaba bebiendo demasiado, sobre todo los hombres. Al paso una hora, tuve suerte y la sorprendí afuera del área de servicio, esperando a una de sus amigas, mientras su novio, del otro lado del bar, abrazaba a uno de sus amigos, jurándole sempiterna amistad y llorando los momentos que habían vivido juntos a sus veintitantos años. Hice acopio de valor y todo sucedió como debía ser. Su nombre, el mío, nos podíamos ver más tarde, la llevaría yo a su casa, sus padres no estaban. Una vez que el novio, ahogado de borracho, se fue con los amigos, ella se despidió de sus dos compañeras y se dirigió a la salida donde yo esperaba. Mientras ella caminaba hacía mí, todavía dentro del lugar, se escuchaba a la Lupita cantando *Ja, ja, ja.*

Caminamos hasta su casa hablando tonterías. Una vez dentro, todo fue muy rápido. En la sala, nos sentamos en el sillón y la ayudé torpemente a quitarse la ropa mientras nos besábamos. Primero sus grandes senos quedaron expuestos y ataque los pezones, le quité el pantalón y las botas, dejándole unas calcetitas rosas encantadoras. Normalmente, me gusta dejar las calcetas y mejor aún las cortas, porque cuando están a gatas se me figuran un pavo en charola, con las partes finales de las piernas en papel aluminio, al que yo estoy rellenando. Una vez que estaba sin pantalones, le quité las bragas y, después, mientras la seguía besando, me aflojé el pantalón y me saqué el pene, ella, al notarlo, reaccionó con celeridad, lo tomó con su mano, se la metió en la boca y comenzó a absorber el glande exhibiendo una técnica depurada, lo que me hizo pensar en llegar al orgasmo así, eyacular e irme, porque no la volvería a ver, sin embargo, decidí hacer lo correcto, saqué el condón de la cartera y, sujetándola por el cabello, la jalé gentilmente para sacar mi pene de su boca y acomodarme el preservativo. Ella, mostrando nuevamente pericia y avidez, comenzó a acariciarme los testículos al tiempo que se metía el dedo índice de la otra mano en la boca, emulando mi pene. En ese momento, la tomé por los hombros y la recosté en el sillón, me puse sobre ella y, al tiempo que metía mi lengua en su oreja y ella abría y doblaba sus piernas sobre mi espalda. Comencé a introducir mi pene en su vagina y, una vez dentro, puse mis manos en sus nalgas e inicié a mover mi cadera atrás y adelante, primero despacio, mientras su rostro reflejaba una mezcla de ingenuidad y placer, luego con una mano la apreté de una nalga, mientras con la otra me apoyé en el piso para evitar caernos y aceleré el ritmo. En ese momento, ella comenzó a deshacerme la espalda con sus uñas, supongo que ella lo disfrutaba porque yo, por momentos, llegué a pensar que me estaba tatuando su nombre y apellidos, lo que tal vez era una costumbre local, muy dolorosa por cierto.

Después de estar un tiempo en esa posición, me insinuó con movimientos querer cambiar, así que me incorporé y me senté, ella pronto se acomodó sobre mí, mirándome de frente con las rodillas apoyadas en el sillón, yo, listo como soy, apoyé mi espalda contra el respaldo, por si esta vez planeaba tatuarme su dirección completa, ella se acomodó mi pene en su vagina y comenzó a subir y bajar apoyando sus manos en mis hombros, mientras yo con las manos la sostenía por las nalgas y lamía alternativamente los pezones, evitando así denotar alguna preferencia política subliminal. Me preguntó si me gustaba a lo que respondí con todas las frases sucias que se me vinieron a la mente, pero después de unos minutos así, mientras ella subía y bajaba con mi pene dentro, decidí cambiarla de posición porque, a pesar de su excitación, parecía no estar llegando al orgasmo, al menos no pronto y yo empezaba a notar dificultades para controlarme. Delicadamente la levanté, la acomodé de rodillas sobre el sillón, me situé detrás y, al tiempo que ella apoyaba sus manos sobre el respaldo, yo, con el dedo índice y el anular, hice una forma de V para abrir los labios vaginales y guiar mi pene dentro, mientras que con la otra la tomaba por el pelo, largo, lacio y negro, como si fuera la rienda de un caballo. Comencé a tirar de ella mientras la otra mano la apoyaba en su cadera apretando un poco la carne con los dedos. Gimiendo, empezó a moverse abruptamente ocasionando que, en algunos momentos, mi pene se saliera y tuviéramos que detenernos por unos segundos, para que yo se lo metiera nuevamente. Pero, una vez que nos sincronizamos, fue maravilloso como mi cadera golpeteaba sus nalgas, al tiempo que yo tiraba de su cabello con más fuerza, mientras le decía que lo hacía muy bien, que era mi yegua y que me encantaba metérselo, entonces, en la vorágine de placer, ella empezó a gemir con fuerza dando la bienvenida a su majestad el orgasmo, que recibió con gran júbilo y algarabía haciéndome pensar que era la primera vez que tenía uno o, por lo menos, tenía mucho que no lo sentía.

Mientras tanto, a consecuencia de la forma en que ella se movía y gemía, yo no pude resistir más y, al llegar el clímax, comencé a eyacular. Por fortuna, para ese momento ella ya estaba indicándome, con suaves movimientos, que la soltara del pelo y se lo sacara. Nos sentamos en el sillón y, unos segundos después, ella tomó su ropa y fue al cuarto de baño de su habitación, yo, entendiendo la insinuación, me quité el condón, lo guardé en lo que quedaba del envoltorio y me vestí. Cuando salió me dijo que tenía que dormirse ya porque al día siguiente se levantaría temprano, porque sus padres regresarían y tenía que arreglar la casa. Nos despedimos con un beso breve, me acompañó a la puerta de salida y me indicó cómo llegar al hotel donde me hospedaba.

Caminé a las 5:00 de la mañana por las calles vacías, haciendo una breve escala para orinar en una esquina, porque no podía aguantar más, hasta que finalmente llegué al hotel y, ya en mi habitación, dormí hasta las 10:00 am. que mis amigos me despertaron para tomar un frugal desayuno e irnos a casa.

Debo confesar que olvidé su nombre, pero no porque el sexo con ella hubiera sido fácil y por esa razón ella fuera menos importante para mí. Sólo me lo dijo una vez, de la misma manera que sólo tuvimos sexo una vez y esa fue la única ocasión que coincidimos en la toda nuestra existencia. No recuerdo su nombre, pero ella me enseñó que los eventos importantes, los que nos marcan en la vida, sólo suceden una vez y, por esta razón, se quedan en el álbum de recuerdos que todos guardamos en el corazón.

La selección de los platillos

Cuando es la primera cita se deben elegir los platillos cuidadosamente, porque el deseo de impresionar puede llevarnos a cometer errores típicos de la primera vez, haciendo que se pierda la oportunidad de disfrutar la cena y, en el peor de los escenarios, el resto de la noche. Por ejemplo, al querer parecer un hombre de mundo, él puede pedir algo que no le apetece del todo, no sabe cómo comerlo o no sabe pronunciarlo, aunque intente sonar muy francés. O por querer aparentar que el dinero no le preocupa, delante de la mujer y el mesero, puede pedir innecesariamente más comida o platillos costosos. De igual forma, pedir un vino que no conoce bien, un nuevo varietal o denominación desconocida, es asumir riesgo innecesario porque puede resultar en un mal maridaje. Ella, a su vez, aunque conozca el lugar, dirá que es la primera vez que lo visita y, en el mismo sentido, pedirá algo femenino de cenar, ensalada, por ejemplo. También, se medirá con el aperitivo, vino y digestivo, para parecer de pocos excesos. Finalmente, llegará el momento de los postres, que son como los payasos de la vida y nos hacen más dulce la existencia, abigarrados con formas y sabores distintos a todos los demás alimentos, y a pesar de eso, ambos decidan no probarlos, uno porque se ha excedido ya y la otra por las limitaciones a las que voluntariamente se ha sometido. El sexo es así, él, en las primeras veces intenta ser algo que no es, pero que considera ella querría y ella, por no hacerlo pensar mal, será algo que no es pero que piensa que él apreciará. Finalmente, puede que no lleguen al placer pleno y, entonces, a conocerse realmente, porque muchas veces, por concentrarnos en aparentar lo que quisiéramos que fuera, perdemos de vista lo que es en ese momento y que, normalmente, es muy valioso.

En una ocasión que, por motivos de trabajo, estuve en Europa algunos meses, tuve oportunidad de conocer a una mujer. No era precisamente guapa o fea, era normal. Su apariencia de alguien común y su edad me hicieron pensar que, como todas las mujeres, seguramente había tenido sexo, pero nada para escribir a casa, sin embargo, gracias a Dios, pronto sabría yo que estaba en el error. Nunca dio atisbos de su avidez y pericia hasta que llegó el momento de estar en la cama, tampoco supe con cuántos hombres había estado, porque la regla de la elegancia dice que nunca debo preguntar y, con honestidad, tampoco era algo relevante.

Todo sucedió un día por la noche, en su apartamento, que me invitó a ver una película porque se sentía sola. Cuando llegué a verla, había otras dos personas, que pronto se fueron. Una vez solos, fue a la cocina, abrió una botella de vino y sirvió sendas copas, me ofreció una y se sentó junto a mí, subió los pies, ya sin zapatos, a la mesa de centro y me dijo que hiciera lo mismo. Mientras bebíamos, hablábamos de asuntos de trabajo que, paulatinamente, se fueron transformando en temas personales. Al tiempo que la botella casi llegaba a su fin, sus pies y los míos, con calcetas ambos, se empezaron a rozar y terminamos por mantenerlos juntos enredándolos un poco, de tal suerte que me empecé a excitar hasta que, en un momento, volteé la cara y la besé. Fue un beso breve, retratado en el escenario de los Rodríguez que cantaban *Sin documentos*.

Mientras nos besábamos, la fui empujando con mi cuerpo hasta que termine acostado sobre ella en el sillón. Durante el aterrizaje, yo, con avidez, ataqué los senos, cosa que evitó, intenté la vagina y, de igual forma, ofreció una cordial resistencia. A los 10 minutos de estar frotando mi pelvis contra la suya, pensé que no pasaría nada más y que, entonces, sería menor irme a mi apartamento, masturbarme y dormirme, porque al siguiente día había que ir a trabajar temprano. Entonces, me puse de pie, le ayudé a levantarse y le dije que me iba porque yo ya no estaba para esas cosas y que seguro no pasaría nada más, caminé hasta la puerta y próximo a llegar, ella me detuvo y, mirándome, mostró un gesto leve de entre sorpresa y miedo.

—¿Qué querías que pasara? —Me preguntó.

—Te deseo y pensé que tú también a mí... sin embargo, ya veo que no es así. —Respondí, en mi papel de conquistador.

—Pero... si es la primera vez que nos besamos y, además, yo no lo he hecho con nadie todavía... —Debo confesar que me hizo dudar y pensé —¿Será verdad?—. En fin, decidí salirme, pero en ese momento ella se interpuso entre la puerta.

—Sé amable conmigo, ¿si? —cerró los ojos de una forma tan dulce y tierna que me fascinó y, entonces, la besé. Besándonos llegamos a la cama, la desvestí y después hice lo propio con mi ropa, me acosté encima de ella y se lo empecé a meter.

—Despacio, suave... — decía—. Yo estaba muy excitado y, una vez que no había más espacio entre nuestras caderas, empecé a moverme atrás y adelante con cierta fuerza y ella empezó a excitarse rápidamente.

—Así, así, fuerte... —empezó a animarme, yo apreté sus nalgas con mis manos, ella empezó a emitir gemidos breves, parecidos a un gimoteo, y, entonces, llegó el orgasmo, rápido, fuerte, breve. Ella, ya relajada, abrió los ojos y sonriendo me miró.

—¿No has terminado todavía? —preguntó con voz curiosa—. Pensé que para ser la primera vez había aprendido muy rápido, es decir, pasó de la pubertad a la madurez, sin escala en la adolescencia, en cuestión de 20 minutos. Caí en cuenta que le gustaban los juegos, las fantasías.

—¿Por qué me dijiste que era tu primera vez? —pregunté—, con más morbo que ignorancia.

—No lo sé, pensé que sería más divertido para ti, ¿no? — Respondió sonriendo.

Me ofreció algo breve de cenar y, antes de dormirnos, se la volví a meter, esta vez empezó a gatas y terminó arriba de mí y yo, nuevamente, no terminé, lo que la dejó maravillada.

—¿Cómo haces para no terminar? —Me dijo mientras me miraba.

—Es una técnica de propia patente —Contesté, sintiendo mucho orgullo.

—¿Quieres que use mi boca? —Me preguntó.

—Me encantaría —respondí.

—¿Cómo te gusta? ¿rápido o despacio?

—¡De verdad que adoro los menús! —Pensé. Decidí que estando tan excitado despacio no tardaría mucho en hacerme terminar. Entonces yo acostado y ella sobre de mi, comenzó a chupármelo despacio, firme, pero lentamente. Mientras lo hacía, yo veía su perfil retratado contra la pared blanca de la habitación, gracias a la escasa luz que entraba por la puerta desde la otra habitación. La visión era preciosa, mientras yo sujetaba su cabello con una mano, el perfil de sus labios rodeaba mi pene, subiendo y bajando a lo largo, llegando en unos momentos bastante profundo y en otros deteniéndose en el glande para succionarlo, mientras con una mano sujetaba mi pene por la parte baja, ejerciendo presión y moviéndola en el mismo sentido de su boca, era genial como lo chupaba, entonces, me entregué y eyaculé en su boca, ella, para mi satisfacción, aguantó y se los tragó todos.

Al paso de los días, descubrí lo fantástica que era. Era la mejor, no había problemas, no molestaba, no preguntaba dónde había estado, ni se molestaba si llegaba ya entrada la noche a su apartamento. Sólo pedía orgasmos. Con ella viajé a Francia, conocí París y un lugar que siempre estuvo en mi mente desde pequeño: Mont Saint Michel. Recuerdo que me maravillé tanto que perdimos de vista el tiempo y el autobús de regreso, así que tuvimos que caminar casi 10 kilómetros a Pontorson, donde tomaríamos el tren de regreso a París. Mientras caminábamos sobre la carretera, observamos bellos paisajes de la campiña francesa, compartimos ideas sobre la vida y me hizo sexo oral detrás de unos arbustos. En Pontorson, compramos *kebabs* y los comimos sentados en una banqueta, mientras esperábamos la salida del tren, contemplando cómo pasaba la vida delante de nuestros ojos, los dos juntos, en un país extranjero. Debo confesar que ella ha sido mi mejor compañera de viaje, porque era una buena muchacha, era un jugador de equipo, le gustaba todo, probaba todo, aportaba ideas, no ofrecía objeciones necias y, sobre todo, se los tragaba.

Desafortunadamente, un día, al poco tiempo de regresar, discutimos. Yo salía con otra chica y decidí que no valía la pena seguir con ella, entonces, al calor del enojo, le dije que no me importaba y que no había significado nada en mi vida. Ella, sonriendo, cínica, espectacular, me lanzó una maldición: ¡Jamás me olvidarás, siempre te acordarás del viaje que hicimos juntos! Yo me reí e intenté burlarme, la discusión terminó y no volvimos a dirigirnos la palabra; después de un tiempo renunció y jamás volví a saber nada de ella. Sin embargo, ella sabía lo que decía cuando me condenó a su recuerdo. El viaje a Francia me había marcado, porque conocí muchos lugares con los que había soñado de pequeño y, aunque no quisiera admitirlo, los había compartido y disfrutado con ella; cada vez que hablaba de mi experiencia su imagen estaba presente en cada escena. Al paso del tiempo regresé a Europa y ella estuvo nuevamente conmigo, sobre todo en París; tuvo razón, jamás la olvidé. A la fecha, siempre que la recuerdo no puedo evitar sonreír.

Los precios

La mezcla en los precios de los platillos y bebidas en el menú de un restaurante es un factor muy importante a considerar, porque los ingresos, al igual que en cualquier otro tipo de negocio, dependen de la relación del precio del platillo o bebida multiplicado por la cantidad de veces que se consuma, en un período de tiempo determinado. Normalmente, las opciones de menor precio serán más solicitadas afectando negativamente la rotación de las de mayor precio y, además, la facturación total del restaurante. Por otra parte, el beneficio económico que se obtiene de un platillo o bebida, puede variar en función de la necesidad de ofrecerlos en el menú o el deseo del comensal por degustarlos, ocasionando que, en un menú promedio, existan opciones de precio alto con margen de contribución relativamente bajo, en comparación con otras de menor precio y beneficio económico elevado.

En contraposición, desde la óptica del comensal la relación de calidad y precio es diferente, porque todos hemos tenido experiencias fantásticas a precios muy razonables y, en cambio, a todos nos ha sucedido que después de gastar una fortuna sales del restaurante con la idea que algo ha faltado. Finalmente, al paso del tiempo adquieres conocimiento suficiente para encontrar en la carta y, sobre todo, en los precios, combinaciones perfectas que, sin gastar en exceso, te lleven a una experiencia redonda, completa. Sin embargo, siempre existe la posibilidad de equivocar la lectura y desperdiciar una linda velada y, peor aún, inhibir la posibilidad de una noche concupiscente.

Algo muy parecido sucede con la conquista, pues el camino para llevar a una mujer a la cama depende de entender el lado femenino. Si tienes profundo conocimiento de las razones que motivan o desalientan a una mujer para aceptar tener sexo, tendrás tanto como desees. El problema es que dicho algoritmo no ha sido publicado y, desafortunadamente, sólo con el tiempo llegas a vislumbrar las razones que operan dentro de las mentes maquiavélicas de las mujeres. Para ello es necesario darte cuenta de que, sin importar lo viril que seas, es importante estar en contacto con tu lado femenino, entendiendo que no por hacerlo seducirás más, sólo más pronto sabrás cuándo sí es no, no es sí y no es no.

Nunca pensé que los restaurantes fueran machistas; sin embargo, en realidad, siempre lo han sido. Antiguamente la mujer estaba en casa y el hombre tenía que salir de casa al trabajo, así que fueron pensados para atender el segmento con mayor potencial. Pero nunca reparé en este hecho, hasta el día en que finalmente una mujer que conocí en la oficina, con la que se me había estado negando la oportunidad, accedió a cenar conmigo.

Ella era un poco mayor que yo, exitosa en lo profesional y guapa, lo que hizo que me sintiera atraído y la deseara, sobre todo sus labios que siempre estaban bien pintados. Hice lo indecible por lograr hablar con ella y, sobre todo, por hacerla reír con el fin de interesarla y que al invitarla a salir ella aceptara a la primera, porque nunca me han gustado los rechazos. Yo tenía una teoría: exitosa, guapa y fuerte; pocos machos se atrevían a invitarla y proponerle sexo, por lo que no tenía mucho de eso... así que si yo era audaz, conseguiría el máximo trofeo. No me importaba el reconocimiento de mis compañeros de trabajo, sino hacer realidad algunas de mis fantasías, principalmente, sujetar su cabello con mi mano mientras su cabeza bajaba y subía dándome placer con su bella boca.

Después de diversas aproximaciones, llegó la oportunidad y, aunque moría de temor, hice acopio de pundonor y la invité a cenar. Durante unos segundos me miró con una expresión que no logré descifrar entre incredulidad y sorpresa, pero, afortunadamente, sonriendo me dijo que sí. Me dio su teléfono, dirección y quedamos más tarde para que yo pasara a su apartamento por ella. Honestamente, después de haberla invitado, me arrepentí porque pensé que sería difícil, derivado de su madurez, belleza y éxito, impresionarla, porque seguramente ella había visitado muchos restaurantes y bares de moda, obscureciendo la posibilidad de terminar en sus brazos o, mejor aún, en su boca. Sin embargo, para bien o para mal, en ese momento, ya era ya tarde para arrepentirme.

Llegué puntual por ella y, frente al edificio, apreté el botón del interfono de su apartamento, respondió y bajó más rápido de lo que hubiera esperado, se veía muy guapa, incluso, vestida así hubiera seducido al mismo demonio, lo que dibujó un rayo de esperanza en mi negativa especulación sobre el posible desenlace. Abrí la puerta de mi de mi modesto, pero perfectamente limpio, automóvil y ella se subió. Una vez dentro, me preguntó que a dónde iríamos porque había un lugar que quería conocer y, si no me importaba, quería que fuéramos ahí. Definitivamente eso no era ideal, pensé, un lugar de moda y con ella, me costaría una fortuna, además, ni siquiera tenía garantía de que el evento trascendiera al sexo, pero, por otra parte, arrepentirme no era opción y pensé que, ya entrados en ello, conocería un lugar nuevo y podría usar ese aprendizaje más adelante con alguna otra mujer de menor calibre. Además, ella era inteligente, guapa y estaba bien arreglada, lo que siempre es importante para compartir la cena, así que, sonriendo, me entregué gentilmente al momento que compartiría con ella. Conduje hasta el lugar y al llegar me bajé para abrirle la puerta, ella, sonriendo, me dio la mano y bajó del automóvil. Fuimos recibidos por la *hostess* que nos cedió al capitán, quien, al verla, nos sonrió y nos condujo a una mesa en posición bastante aceptable. Una vez sentados, se presentó sosteniendo las cartas en la mano; me extendió a una de de ellas, se la acepté pero, evidentemente, consideré una descortesía el acto y se la di a ella, porque a mi me educaron con la firme idea que las damas son primero. Al ver esto, el capitán me dirigió una mirada de desconcierto que yo respondí con el rostro adusto, pues me parecía inapropiado, por decir lo menos, que la carta me la diera a mi primero. El capitán, asintió y me dio la segunda carta a mí.

Al ser mi primera vez en ese lugar, inspeccioné rápidamente la carta y para mi sorpresa descubrí que no tenía un solo precio, ninguno, lo que me preocupó porque el lugar parecía ser de precio alto y corría el riesgo de pedir algo fuera de mi presupuesto. Al no tener muchas alternativas, revisé una vez más el menú, pero esta vez prestando mayor atención pensando que, seguramente, no tenía precios impresos porque, como consecuencia de la inflación que vivíamos en el país, los tenían que cambiar a menudo y estaban listados en una sección adicional, la cual, después de analizar página por página del menú, no pude encontrar, así que, rápidamente, miré al piso pensando que se hubiera caído sin que yo lo notara. Sin embargo, tampoco estaba ahí. Decidí, en ese momento, revisar una vez más el menú pero, esta vez, a detalle, con la idea que quizá el precio estaba oculto en alguna de las páginas porque cobraban una tarifa fija por alguna suerte de menú estándar; pero después de hacerle una disección, tampoco pude encontrarlo. Finalmente, pensé que mi menú era el único en ese estado, por desgracia, era mucho riesgo solicitar otro, pretextando cualquier tontería, para descubrir que todos estaban en la misma situación porque había algo que yo, a pesar de mi inteligencia, no lograba descifrar. Como última alternativa, sin hacer alharaca, levanté la mirada, por encima de la carta, para ver si ella tenía algún tipo de expresión que me permitiera dilucidar el misterio del menú sin precios, sin embargo, su rostro no reflejaba otra cosa que apetito.

No teniendo más opciones decidí seguir adelante y ver a dónde llegábamos, dado que el barco ya había zarpado. Entonces, guiado por mi modesta experiencia, apoyada en el sentido común, eliminé del menú todo aquello que yo ignorara lo que era, lo que sonara exótico, que no tuviera conocimiento de como pronunciarlo, crustáceos y moluscos y, para eliminar riesgos totales, la carne de res. Así, llegué a una pechuga de pollo rostizada al fuego lento con papas al romero, sonaba bien y, pensé, que era muy incómodo no poder ver los precios, lo que seguramente era un truco mercadológico para cobrar más de lo normal. El capitán regresó y le preguntó a ella que deseaba ordenar, ella respondió que el *filet mignon* término medio con salsa de champiñones, entonces, el capitán le dijo: De beber ¿puedo sugerirle una copa de vino de la casa? sería excelente para el platillo que ha ordenado, ella asintió, mostrando particular interés. Yo, por hacerme el *connoisseur* y, además, espléndido, aprovechando la oportunidad, dije: la botella. Lo hice porque el vino de la casa, había yo aprendido, no era tan caro y, normalmente, va bien con casi todo el menú del lugar. El capitán me dirigió una mirada de respeto y, después, me preguntó qué deseaba yo cenar, a lo que respondí: pollo al fuego lento con papas al romero. Al decir esto, hubo un breve e incómodo silencio, yo me percaté que no me preguntó que quería beber, al tiempo que vaciló un segundo. ¡Diablos! vino rojo, recordé, debía de pedir algo para la botella de vino que había ordenado, intentando parecer natural, corregí: mejor lo mismo que ella. El capitán asintió y se alejó, mientras yo me quedé pensando que lo más seguro es que, los platillos y la botella, estuvieran en el límite superior de mi presupuesto de gastos de la quincena, pero que si lograba sexo con esta mujer habría valido la pena y podría, orgullosamente, considerarme listo para las grandes ligas. Ella, entonces, era mi graduación.

Mientras esperábamos la cena, fruto de mis largas horas como aficionado al boxeo, decidí hacer un round de estudio con el fin de conocer cual debería ser mi estratagema. Sin embargo, ella no me dio mucha entrada a mis primeras insinuaciones y, con gran habilidad y gracia, terminé yo dando explicaciones a cada una de mis inocentes preguntas. Luego, el mesero nos trajo los platos y cenamos, el filete estaba fantástico y el vino hizo lo que tenía que hacer, ella parecía complacida y todo estaba bien. Durante la cena, habiendo fracasado en el round de estudio, intenté llevarla al tema del sexo, para ver si con mucha suerte, ella tomaba el postre en el automóvil, sin embargo, era un hueso duro de roer. Logré hacerla reír pero estaba lejos del clímax necesario.

En ese momento, llegó a nuestra mesa el trío que amenizaba el lugar. Evidentemente era un restaurante de moda pero para personas de más edad que yo, lo que me hizo pensar que probablemente ella había estado saliendo con alguien mayor y que se sentía cómoda en este ambiente, finalmente, estábamos en ese sitio a consecuencia de su elección, así que decidí hacer el recorrido completo. Entonces, cuando el vocalista del trío me preguntó si deseaba alguna canción para la dama yo dije que sí y, como consecuencia de mi escaso conocimiento de música vernácula, escogí *Obsesión*, de Pedro Flores, porque fue la única canción que pude recordar.

Pasó el tiempo y, finalmente, después del postre, que ella decidió degustar en la mesa, y de que yo exhibiera mis mejores recursos, llegó el momento de irnos. Antes de pedir la cuenta, exploré la idea de ir a otro lugar en búsqueda de bebidas espirituosas pero ella respondió, dubitativamente, que no lo sabía. Pedí la cuenta. La trajo el mesero y, al revisarla, vi que todo estaba dentro de los parámetros de la coherencia; no era barato pero nada estaba fuera de su lugar, entonces, pensé que el menú no tenía precios porque, seguramente, era una ocurrencia esnobista del propietario del restaurante pero sin sentido alguno, desde mi modesta opinión.

Pagué y dejé la propina, nos levantamos y caminamos con cuidado porque el lugar que estaba lleno, todos los colaboradores estaban atareados y moviéndose de un lado a otro y, aún así, el capitán se tomó un segundo para acercarse a la puerta y despedirnos, dirigiendo a ella una breve caravana y a mí un guiño de complicidad. Yo no entendí; seguramente en el lugar había mesas que pagarían mucho más y dejarían mejor propina. Tampoco era que hubiera pedido con maestría, es decir, eran platillos seguros con el vino de la casa que él había sugerido. Tampoco que el capitán fuera homosexual y, en el supuesto caso, seguro que notó que yo no dejaba de ver la boca de la mujer que tenía delante de mí.

En el automóvil, aceptó que fuéramos a beber algo más, lo que fue un alivio. Fuimos a un bar de moda que yo seleccioné y en el que yo me sentía seguro. Una vez ahí nos acomodamos en la barra y pedimos de beber. Ella pidió más vino, yo pedí tequila y, mientras bebíamos puse en práctica una nueva estrategia: mostrarme sensible con ella, es decir, feminista. Lo hice porque ella era dos años mayor, exitosa, guapa y, todos mis intentos, en el restaurante, por mostrarme como galán, habían sido ignorados. Elogié su trabajo y algunos de sus triunfos laborales más comentados en la oficina. Para mi desdicha, siendo más lista que yo, se percató de que mi estrategia era jugar a la persona inteligente que comprende a la mujer, y todo para tener sexo con ella. Después de un par de agradables horas, me dijo que había llegado el momento de irnos, lo que a mí me sonó a: tu tiempo terminó y perdiste.

Ya en el automóvil, rumbo a su casa y viendo que cada vez estaba más lejos la posibilidad de tener sexo con esta mujer, en cualquiera de sus variantes, decidí jugarme el todo por el todo, diciendo lo que tuviera que decir para obtener lo que yo quería. Sin embargo, debí tomar en cuenta las copas de vino de la cena y los varios tequilas que bebí alegremente en el bar, antes de comenzar a decir algo pero, como siempre digo, mi lengua es más grande que mi cerebro y, sin pensar en nada, simplemente comencé a hablar.

—Tengo muy desarrollado el lado femenino...—Dije.

—Da igual, porque tú nunca entenderás cómo sentimos las mujeres y no te puede gustar lo mismo que a nosotras. —Respondió sonriendo.

—Una cosa es que te gusten las mujeres y otra muy distinta es que te guste lo que a las mujeres. Si me gustara lo mismo que a las mujeres, yo no sería una cita para ti, sería una compañía. — Respondí con mi acostumbrado tono de severidad. —Además — insistí—, entiendo muy bien lo que les gusta a la mujeres, pero no porque lo entienda me tiene que gustar. Por ejemplo, entiendo lo que es un pene y a mí no me gusta, si me gustara lo mismo que a las mujeres sería gay.

—Da igual, dame una razón que demuestre que tienes desarrollado tu lado femenino.—Inquirió con seguridad, sin dejar de mostrar esa perfecta sonrisa.

—Tengo muy desarrollado mi lado femenino, por ejemplo, en un partido baloncesto a mí lo que me interesa es cómo van vestidas las animadoras. —Me miró incrédula, entonces reaccioné con celeridad y continué —También, por ejemplo, yo no veo películas de Julia Roberts porque son para mujeres. ¿Cómo lo sabría si no tuviera mi lado femenino desarrollado? —La mirada atónita en su rostro no me dejaba ver si era de sorpresa ante mi profundo conocimiento del tema o si está empezando a considerarme un tarado, pero seguí adelante.

—Además, a mí me gusta el *sushi*.

Su risa espontánea me provocó una erección y me llevó a una decisión extrema: arriesgarlo todo. Pensé que si lograba despertar en ella la suficiente curiosidad, habría una segunda vez; de lo contrario, esta cita sería debut y despedida, entonces, haciendo acopio de pundonor, solté la bomba:

—Además, siempre he creído que la forma de estar en contacto con mi lado femenino es tener sexo con diferentes mujeres, con el fin de lograr tener una idea mucho menos sesgada de lo que les gusta.

—Estaba hecho —pensé—, había apostado mi resto. En ese instante me detuve fuera de su casa. —Si lo hice bien me dará un beso suave en los labios y podré intentarlo el fin de semana, porque la he dejado interesada y seguramente querrá verificar lo dicho —me dije.

Mal. El veredicto fue otro y esta mujer ya había tenido suficiente, así que, después de terminar de reírse, se despidió amablemente y se bajó de mi automóvil, sin permitir que yo le abriera la puerta, para después caminar dándome la espalda rumbo a la entrada del edificio en el que estaba su departamento. Al día siguiente, la busqué para invitarla a salir el fin de semana a lo que respondió con amables negativas. Igual sucedió por teléfono, tanto en el número de su casa como en la oficina. Gracias a mi perspicacia, después de varios rechazos consecutivos, entendí que no le gustaba, interesaba o ambas cosas. Habían naufragado mis ilusiones en el océano del aprendizaje pero, a pesar de ser un fracaso en mi vida, puedo decir con orgullo que, después de ella, no me provocan temor las mujeres mayores que yo, exitosas, guapas e inteligentes, sólo decidí no intentar salir con ellas.

La oferta

Lo que ofrece un restaurante en un menú, a través de la descripción de los platillos, es otra cuestión a la que se debe prestar especial atención. Es muy fácil, como comensal, dar por sentado algo y después decepcionarse, porque el menú prometía algo que el chef no fue capaz de entregar.

Con el tiempo aprendes que para poder encontrar perfección, en cada una de las áreas del restaurante, es necesario escalar lo que estás dispuesto a pagar y que, aunque existan casos fortuitos, todo tiene un precio, el cual no siempre es tan evidente como el que está impreso en la carta del menú. Así en el sexo, conocer a una chica y descubrir en ella lo que siempre habías buscado —que sea atractiva y fácil— puede parecer fantástico hasta que, sin que lo esperes, puedas descubrir que tanta belleza tiene un precio.

Esta mujer fue como encontrar el algoritmo perfecto: bonita, liberal y, sobre todo, no envidiosa. Después de varios encuentros sexuales, sin que yo lo sugiriera —no por falta de ganas, sino por temor a que se molestara—, me ofreció invitar una amiga. Yo no cabía en mí, ¡era un sueño hecho realidad! Y lo mejor de todo, sin mayor esfuerzo.

—Que una beldad se ofrezca a semejante práctica y que, por si fuera poco lo organice todo es, sin duda, el fruto de mi honestidad y calidad como ser humano. —Pensé con orgullo.

Finalmente llegó el momento. Me llamó a mediodía para citarme más tarde en un bar, conocido por su matiz alternativo, donde beberíamos unas copas antes de ir a un hotel para estar los tres juntos.

Lágrimas, de felicidad, salían de mis ojos porque era lo mejor que podía pasarme, los tres juntos había dicho ella. Regresando de trabajar, me cambié el acartonado traje gris por *jeans* y una chaqueta obscura, agregué loción y comí algo de fruta para poder resistir. Salí con tiempo de sobra, para llegar antes que ella evitando asumir un riesgo innecesario y que, en mi ausencia, conocieran algún galán interesado en este tipo de eventos.

Ella ya estaba en el lugar, se veía linda, con el pelo corto y sus escasos 25 años. ¿Cómo alguien de esa edad podía ser tan avezada en los menesteres del sexo? Debe ser como en todo —pensé— el artista nace, no se hace, porque puedes practicar mucho para sólo ser promedio y, también, puedes encontrar a alguien que lo trae de nacimiento. Me aproximé y ella me besó con pasión, en ese instante, sentí alivio porque todas mis dudas se disiparon en sus concupiscentes labios. Debo confesar que cuando me besó tuve una erección, porque el beso me llevó, por un instante, al recuerdo de sus labios rodeando mi pene mientras yo eyaculaba en su boca, después de haberla llevado al orgasmo a gatas, la última vez que tuvimos sexo.

Una vez que me dejó respirar, me tomó de la mano y me llevó a la barra donde pedí un tequila. Una vez puesto el trago intenté conversar con ella, para que no notara que mis ojos buscaban a la que sería nuestra compañera y mi primera vez, porque, honestamente a pesar de mis mejores deseos nunca había estado siquiera cerca de estar con dos mujeres. Pasó más de una hora y no parecía que esperáramos a que alguien llegara, pero decidí ser fuerte y no cometer errores. Sin embargo, otra hora después, cuando ya habían pasado incontables canciones, decidí preguntarle por nuestra compañera de cama, aprovechando que ya se había cansado de bailar, al escucharme sonrió y me dijo que la había llamado diciendo que no podría llegar. Debo confesar que no me molesté, pero sí sentí una profunda decepción.

— ¡Es mentira! —Dijo riéndose al notarlo.
—Entonces, ¿sí vendrá? —Pregunté emocionado. Ella riendo a carcajadas me dijo que me había engañado y que ella no vendría, pero que al ver mi cara de decepción no pudo resistir las ganas de hacerme una broma.

Esta vez sí me molesté. Pensé en irme. Pero ella, en ese momento, me tomó de la mano y sonriendo me dijo que ella me lo compensaría. Pensé que lo mejor sería quedarme y tener sexo con ella más tarde, pero que después de esa vez no volvería a verla. En ese instante, como disparada por un resorte, regresó a bailar cuando comenzó a sonar *Right in the night* de Jam & Spoon.

Una hora más tarde comencé a bostezar. Eran las 3 am y yo había tenido un jueves complicado en el trabajo, además, al día siguiente tenía un junta de planeación de temporada, las cuales siempre eran pesadas y aburridas, salvo por una de las participantes que despertaba mis más bajos instintos, aunque sólo los despertaba. Así que decidí que la noche había terminado para mí. Me aproximé, le dije que me iría y que si quería la llevaba a su casa. Ella me sonrió —Sí, vámonos, pero no a mi casa —dijo. Mi voz interior me decía que lo ideal era que la velada terminara, sin embargo, ella me sonrió con concupiscencia y pensé que tener sexo era algo justo por la decepción tan grande que ya había sufrido y, además, por haberle servido de bufón.

Salimos y de camino a su casa, nos detuvimos en un hotel. Ya en la habitación, ella me dijo que quería hacer algo divertido. Amarrarme. La verdad es que con las ganas que tenía de una chupada, pensé que ceder sería la mejor forma de obtenerla. Así que me desnudé y acosté en la cama, ella de su bolsa sacó unas cintas rojas y, con sorprendente pericia, me sujetó las muñecas y los tobillos a los herrajes de la cabecera y base de la cama. Yo, por curiosidad, intenté jalar con un poco de fuerza para ver si era posible soltarme y, para mi sorpresa, noté que eran un buen trabajo el realizado, lo que me hizo pensar que tal vez ella había visto algunos videos de *Bondage* o *Shibari* y, por esa razón, lo había ejecutado muy bien y con tanta facilidad. Honestamente me dio gusto, porque como siempre digo, si vas a hacer algo hazlo con estilo o de otra forma no hagas nada. Luego, se quitó chamarra, camiseta, zapatos y el pantalón, quedando sólo con bragas y sostén. Lentamente caminó hasta la cama y, después de permitirme admirar los tatuajes que entintaban su contoneado cuerpo, se montó junto a mí en la cama sujetándome por el pene y, mientras me miraba, desplazó un poco su cuerpo, aproximó sus carnosos labios y comenzó a juguetear con el glande, después, con la lengua repasó mi pene de arriba abajo como si fuera una paleta y, unos segundos después, lo metió a su boca y lo mantuvo dentro ejerciendo presión con los labios, para luego comenzar a subir y bajar. Empecé a sentir mucho placer, sólo que me pareció demasiado escenario para que yo eyaculara en su boca, es decir, si buscaba compensarme, porque su amiga nos dejó plantados, en mi automóvil hubiera podido hacerlo.

Pronto todas mis ideas y dudas aterrizaron en la realidad, cuando de la nada se detuvo, se incorporó y caminó por la habitación hasta encontrar su bolsa de mano, metió la mano en ella y sacó algo que no pude distinguir bien, dejó caer la bolsa, se acercó a la cama, se sentó en la orilla, me miró y dijo con voz severa:

—Me gusta mucho y no quiero compartirlo con nadie más.

No había yo terminado de oír sus palabras cuando me mostró unas tijeras pequeñas y me sonrió lastimosamente. En ese instante sentí que mi vida había terminado.

Honestamente, nunca estás preparado para nada. Es decir, aún con el mejor de los entrenamientos siempre puede suceder algo que te sorprenda y, en ese caso, el sentido común tendrá que venir a rescatarte, pero, mientras llega, guardar la calma es lo mejor que puedes hacer. El problema es que, en mí caso, guardar la calma no es mi fuerte. Yo ya había comprobado que estaba bien amarrado y, en la posición que estaba, sería muy difícil soltarme, también, evalué gritar pero imaginé que ella podría hacerme bastante daño en lo que alguien llegaba. Analicé la situación nuevamente y, hábil como soy, concluí que mis posibilidades eran pocas, entonces, en ese instante, decidí que tenía que usar una vieja estratagema que, empíricamente, tenía evidencia de su utilidad: suplicar.

Lo primero fue intentar explorar la idea de que estuviera jugando, rápidamente me di cuenta que no. Luego, que estuviera enojada por algo, lo que me pareció posible, pero no pude vislumbrar el porqué. Consideré la posibilidad de que quisiera una relación seria conmigo, pero sólo logré exasperar la situación. Finalmente, comencé a pedirle que por favor no me hiciera nada. Ella, en ese instante, comenzó a reaccionar de una forma que me pareció poco ideal, mostrándose iracunda y amenazadora. Debo confesar que sentí miedo, mucho, incluso, comencé a ofrecerle dinero con tal de que me dejara ir.

En ese instante, se incorporó y me dijo que había llegado el momento, yo, al borde del paroxismo, haciendo gala de valentía y fortaleza, grité lo más fuerte que pude.

—¡Auxilio! —Fue lo único acerté a gritar. En ese instante aventó las tijeras y se abalanzó sobre de mí y me tapó la boca con su mano mientras me decía que era un juego y que no gritara.
—¡Suéltame! —Le pedí asustado. Ella se rió y me soltó una

mano, yo, sin dejar de mirarla me solté la otra y luego, torpemente, los pies, me incorporé y me alejé de la cama, tapando mis partes nobles, sin dejar de verla. Ella, con una cara que todavía hoy no puedo descifrar, no dejaba de mirarme.

—¿Te enojaste? —Dijo finalmente.

—Sí y mucho. —Gimoteé. Pensé en irme y dejarla ahí, sin embargo, tenía que reconocer que mientras me tenía amarrado juré que si me soltaba ileso no tomaría represalias. Así que sólo le dije, a manera de sermón, que en los juegos de rol y *Bondage* era indispensable hablarlo antes de hacerlo, ella respondió que ya lo habíamos hablado. Era verdad, cuando la conocí mi carta de presentación fue mi amplio conocimiento sobre temas de sexo y mucha disposición a experimentar. Ella me confió que desde tiempo atrás tenía la fantasía de amarrar y castigar a un hombre, por haberlo sorprendido teniendo sexo con su mejor amiga. Los dos nos gustamos esa vez y esa misma noche, que nos conocimos, terminamos en la cama. Pocos días después, pasamos un intenso fin de semana juntos en la casa de campo de sus padres. Ella era una delicia porque, estando en la intimidad, mostró avidez al dejarme usar todos sus orificios, sobre todo su boca, lo que, en aquel momento, me hizo pensar que había encontrado mi nueva mascota sexual. Recordé la escena, frente a la chimenea, mientras yo, de pie, vestido, sólo con el cierre abajo, bebía vino de la botella. Ella, de rodillas, me hacía sexo oral hasta que eyaculé en su boca. Después, ya desnudos, cansados, acurrucados en la cama, debajo del pesado edredón, antes de dormirnos, hablamos de historias fantásticas sólo posibles en mentes libres y complejas. Lo que nunca dijo fue que quería practicarlas todas conmigo y, menos, de sorpresa.

Después de esa noche y obedeciendo a mi sentido común, decidí no verla más y jamás olvidar mi aprendizaje. Primero, no hay nada gratis, además, entre más fácil y bueno es algo, más caro resulta. También me prometí que siempre que fuera a practicar el *Bondage* —como dominante o dominado— usaría el equipo adecuado que siempre debería incluir, por seguridad, alguna forma de liberación fácil y rápida.

Los menús con imágenes

Los menús que tienen imágenes de los alimentos corren el riesgo de prometer de más y lo que entregarán de menos, porque las imágenes son lindas y están tomadas de alimentos que han sido artísticamente retocados o creados *ex profeso*, pero que distan mucho de lo que recibirá el comensal. A veces la porción es más pequeña, el terminado no es el mismo, pueden faltar elementos o, peor aún, en algunos casos todo lo anterior. El principal problema es para comensal que seleccionó del menú basado en la promesa de una imagen y recibe algo diferente, ocasionando que probablemente no regrese o, incluso, que presente una queja. Esto mismo sucede con el sexo: muchas veces alguien se ha ganado un título que promete mucho pero que, en la práctica, entrega poco, haciendo que la persona que guiada por la imagen que dicho título recrea, en ocasiones sufra consecuencias muy dolorosas.

Al llegar a un nuevo trabajo es común alguien asuma el rol de guía, convirtiéndose en una suerte de Virgilio contemporáneo que lleva al recién llegado por el cielo, el purgatorio y el infierno que toda oficina tiene. La mecánica está institucionalizada, al pasar por cada una de las áreas presenta a todos con amabilidad mencionando su puesto y actividades curriculares y, tan pronto se aleja un poco, comenta lo que realmente es importante saber: qué es a lo que se dedica todo el día, por qué tiene el puesto, con quién anda, anduvo o andará y, más importante aún, su seudónimo.

Me sucedió a mí cuando siendo el nuevo en una oficina, el Virgilio en turno, que tenía el ratio más alto de malas palabras sobre frase que he escuchado en mi vida, siendo capaz de sostener soliloquios usando solamente groserías y anatemas, me hizo el amable recorrido por los diferentes pisos del corporativo que, inteligentemente, había contratado mis servicios por tiempo indeterminado. Todo había sido por demás aburrido e infructuoso, haciéndome temer que, al llegar el momento de la comida, esta criatura, soez y prosaica, decidiera también acompañarme a tomar mis alimentos, cosa que disfruto mucho y que, honestamente, lo menos que esperaba era hacerlo con alguien tan anodino del sexo masculino.

Cuando mi destino parecía determinado, casi para regresar a nuestra área, después del recorrido, me llevó a un lugar que estaba vacío en ese momento, pero mostraba tener una propietaria, deducción a la que arribé activando mi inversión realizada al leer todo lo publicado sobre Sherlock Holmes. Sonriendo, me dijo, que yo tenía mucha mala suerte porque la mujer que se sentaba en ese lugar le decían la *Blowjobs*. Bueno, desde aquel momento, el doncel, que tan amablemente me había llevado de recorrido por la oficina, se convirtió en mi mejor nuevo amigo, porque hay que decirlo, quien es claro en los términos lo es en las entregas. Sin poder dejar de mostrar mi emoción, pregunté dónde estaba tan agradable persona y cuándo podría conocerla, me dijo que estaba de vacaciones pero que regresaba en una semana, después de eso, decidí invitar a comer a mi nuevo camarada.

Es importante decir que fue una de las semanas más largas de mi vida, porque no sabía qué hacer en espera de conocer a una persona con tan interesante seudónimo y, listo como soy, aproveché el tiempo pasando por enfrente de su lugar con cualquier pretexto, dirigiendo miradas de soslayo, tratando de obtener más información para seguir con mi proceso deductivo sobre ella.

Al fin, llegó el lunes. Sin esperar a que mi nuevo amigo me la presentara, me hice notar frente a su lugar. Ella me vio y me preguntó si me podía ayudar en algo, sí, pensé en ese momento, pero decidí ir con calma.

—No —le dije. —Soy nuevo y me pierdo todavía un poco. Lo que era una respuesta ridícula porque, aunque eran varios pisos, en realidad no había demasiadas opciones de a dónde ir. —No te preocupes, a muchos les pasa. —Respondió sonriendo.

No era guapa, ni fea, muy bien arreglada aunque un poco pasada de peso, lo que pensé era una posible consecuencia de su seudónimo, pero no era nada que no pudiéramos pasar por alto. Durante las semanas siguientes, cada día busqué una nueva razón para hablarle e ir allanando el camino, hasta que al fin la invité a comer y aceptó. La verdad, me lo pasé de maravilla porque era muy divertida y, en general, me di cuenta de que compartíamos más aficiones de lo que yo hubiera pensado, una de ellas era el gusto por el boxeo. Esto me facilitó las cosas; yo sabía dónde había exhibición amateur todos los sábados. Era un lugar que por sus características era ideal para ir con una mujer, así que, valiéndome de mi audacia, la invité y ella aceptó.

Ese día pasé por ella y todo iba de maravilla. Entramos al lugar, pedimos una cubeta de cervezas y algo para picar. Presenciamos un par de peleas y, en un intermedio, intenté besarla, mientras en el sonido local se escuchaba de los Ángeles Azules *Entrega de Amor*.

Al principio ella ofreció un poco de resistencia al puro estilo mexicano, arguyendo cosas cómo qué vas a pensar, vas muy rápido, estás yendo muy lejos... pero al final terminó por ceder y, antes del término de la última pelea, le dije que fuéramos a un hotel. Se negó aduciendo que tenía poco tiempo. Perfecto —pensé.

En el automóvil intenté besarla para que finalmente exhibiera sus credenciales y demostrara por qué había ganado su título en la oficina. Sin embargo, me rechazó y dijo que había sido suficiente para la primera vez. Vaya problema, es verdad que me dijeron que le decían la *Blowjobs*, pero no significaba que los hiciera en la primera cita o a todos, es más, por lo obvio que me pareció nunca pregunté por qué le decían así. En fin, pensé, ya será la próxima vez y la pregunté si quería ir a cenar a lo que me respondió que no. La llevé a su domicilio. Por mi parte, después de dejarla, fui a buscar algo para comer antes de llegar a casa a masturbarme y después dormir.

Al lunes siguiente, decidí continuar buscándola y estar próximo a ella, porque en realidad la noche que salimos lo pasé de maravilla y, también, con el fin de averiguar qué había detrás de ese sobrenombre. Fue divertido, porque de vez en vez, furtivamente, nos encontrábamos en el área de café y, cuando nadie nos veía, sin mayor aviso, nos comíamos a besos. Al paso de los días, fuimos subiendo el tono de los jugueteos, pasando de sencillos besos a complejas sobadas, aproximándonos al momento del sexo. Sin embargo, si bien la atmósfera de las oficinas propicia la adrenalina de lo prohibido, no es sencillo encontrar el momento adecuado.

Un día después de cierre de mes, debía terminar de analizar unos reportes. Por su volumen, tuve que ocupar una mesa más grande que mi escritorio, entonces, avisé que estaría en la sala de juntas del último piso. Subí usando el elevador y me instalé, cómodamente, en la amplia sala con inigualable vista a la zona de negocios más importante de la ciudad. Es increíble lo que un lugar así puede lograr en una persona, comencé con mi trabajo y pocas horas después tenía lo que necesitaba. Miré el reloj y era casi la hora de salida, tomé el teléfono. Ella aceptó, esperaría un poco y luego subiría. Fueron diez minutos eternos. Finalmente llegó, entró con unas carpetas, las dejó sobre la mesa y regresó a la puerta a pasar un cerrojo. Yo dejé todo sobre la mesa como si no hubiera terminado, con el objetivo de ofrecer un escenario creíble a mi estadía, en caso de alguna visita inesperada. Una vez solos, me aproximé, la besé y ella me correspondió, pude sentir la piel por debajo de la blusa y el sostén mientras mi mano buscaba un pezón, al encontrarlo lo apreté un poco, levanté la blusa y comencé a juguetearlo con la punta, luego a presionarlo un poco y finalmente lo mordisqué muy suavemente, incrementando la intensidad hasta que ella me dio muestra de placer. Quise subirle la falda pero me detuvo. Terrible —pensé—, no podía ser que ella pensara en detenernos, en ese momento, cuando nos había costado tanto trabajo llegar hasta ahí. Intenté otra vez. Lo mismo. Ella me levantó la cara con ambas manos. —Tengo que ir a la universidad —dijo—. Era verdad, ella estudiaba por las tardes entre semana, lo que me había facilitado casi nunca tener que verla fuera de la oficina. Vaya —pensé—, pues mejor así lo dejamos, porque yo estaba realmente excitado y no tenía en esos días a quién buscar para tener sexo rápido.

Al notar esa desilusión me dijo que no pusiera esa carita, que ella no era de las que iniciaban algo sin terminarlo. Tan noble declaración casi me hizo derramar una lágrima. Me bajé el cierre y me senté en una de las sillas, ella, primero se sentó en una que estaba a mi lado y me besó en los labios al mismo tiempo que tomó mi pene con la mano. Había iniciado muy bien pero, muy pronto, comenzó a mover la mano con mucha fuerza, al grado que tuve que indicarle, amablemente, que me estaba lastimando un poco y, aprovechando, empujé suavemente su cabeza en dirección a mi pene como discreta insinuación para que comenzara a chupármelo. Sin ofrecer resistencia, lo miró y se aproximó a él abriendo la boca y permitiendo que entrara. Una vez dentro, inició a subir y bajar al mismo tiempo que con la mano sujetaba mi pene. No había comenzado a sentir placer cuando noté que, peligrosamente, estaba usando los dientes sobre mi glande, inmediatamente le dije, en un tono dulce, que me dolía y, entonces, se detuvo, volvió la mirada a mí y, sin dejar de mover la mano, con la que sujetaba mi pene, me dijo: perdón y sonrió. Luego, volvió al ataque pero, después de unos segundos, comenzó a mover la mano, con la que me sujetaba el pene, tan fuerte que me hizo pensar que quería arrancarlo para conservarlo como un recuerdo. Sintiendo más dolor que placer, con una de mis manos, amablemente, detuve la suya y le dije, en tono de broma, que sólo tenía esa y que me era de mucha utilidad. Se rió y me preguntó cómo me gustaba. Yo estaba ya algo decepcionado porque, además de provocarme un poco de dolor, ahora me pedía indicaciones que, normalmente, no tengo reparo en dar pero, tratándose de ella, me causaba una profunda desilusión. Le dije que la mano suave, que no me tomara el pene tan abajo y que la boca la usara, pero más que los dientes, los labios. Fue gracioso, porque hizo una mueca más parecida a una persona desdentada que, si bien en teoría es adecuada para dar sexo oral, es poco estética.

Siguió. Al poco tiempo me dijo que así le costaba trabajo y preguntó si me tomaría mucho tiempo terminar, yo le dije que no, lo que era una mentira porque yo estaba poco concentrado, entre el dolor que me provocaba y el lugar dónde estábamos, que más que divertido comenzaba a ponerme nervioso. Continuó, pero fue regresando a la práctica anterior que parecía que, más que hacer sexo oral, estaba intentando pelar una zanahoria. Lo más exasperante es que, entre balbuceos y gemidos, me decía algo como no te hagas el difícil, anda, termina ya, quiero comérmelos todos. Nuevamente, le indiqué que me estaba lastimando. Un poco molesta, me preguntó si no prefería hacerlo yo, evidentemente le dije que no, que me encantaría que siguiera. Así lo hizo, pero esta vez tuve la precaución de poner mi mano sobre de la suya para evitar que me lo fuera a desfundar. Finalmente, haciendo acopio de toda mi fuerza y concentración, mirando la ciudad a través del enorme ventanal, logré llegar al orgasmo y eyacular en su boca. Descansé. Ella se incorporó y comenzó a acomodarse un poco el cabello, luego buscó en su bolsa un lápiz labial y se repasó los labios, al tiempo que yo envolví mi maltrecho pene en un pañuelo desechable y, con sumo cuidado, lo guardé dentro del pantalón. Entonces, ella me miró, guiñó un ojo, me dijo que se tenía que ir, me dio un suave beso entre la boca y la mejilla y caminó a la puerta. Esperé un poco, fui al baño y regresé para recoger los reportes y demás efectos en la sala de juntas. Salí del edificio y caminé, con dificultad, a un bar cercano a beber una cerveza.

Ella me enseñó que no todo lo que brilla es oro, porque, después de conocerla, me di cuenta que el sobrenombre se debía, en el mejor de los escenarios, por su afición a esta práctica, mas no a su pericia. También me hizo entender que entre las personas basta un comentario, muchas veces sin fundamentos, para que alguien sea algo que no es. Decidí alejarme de ella, porque fue la única vez en mi vida que eyaculé con tal de terminar con semejante suplicio y, por fortuna, no tuve que dar muchas explicaciones porque, al poco tiempo, por los avatares de la vida, cambié nuevamente de empleo y jamás volví a saber de ella.

La escasez y la monotonía

En algunos casos, el éxito de un platillo de un restaurante está en función de su escasez. Si un platillo siempre está disponible, terminará siendo una opción más del menú, en cambio, si lo está unas veces y otras no, hablará de la frescura y de la demanda que tiene, incrementando la apetencia por él. De esta misma forma, el valor que se asigna al amor parte de la escasez, es decir, entre menos veces estés con esa persona más valiosa será, haciendo que se recuerde con intensidad y se desee una nueva oportunidad. En el extremo, la escasez puede hacer, con facilidad, que creamos que es la vez que más ha significado o, en algunos casos, la única vez, llevándonos a tenerla siempre presente, al menos por un tiempo.

La escasez, en las relaciones humanas, puede hacer que se atesore algo que se comienza a tener. Por ejemplo, cuando una pareja tiene sexo por primera vez, la emoción llena los espacios causados por el desconocimiento de las preferencias de cada uno. Sin embargo, cuando el sexo, en la relación de pareja, se vuelve una constante, la emoción, fuente de poder y audacia, empieza a escasear ocasionando que la cama se convierta en una cuestión sistemática, donde deseo y placer habrán de volverse rutinarios. De la misma forma, cuando una pareja de jóvenes inicia su vida sexual, en el ánimo de vencer la inercia de los tabúes y el pudor, harán algo sencillo, él sobre de ella con la la luz apagada sin pedir nada complejo y, seguramente, habrá mas placer mental que físico. Mas adelante, si estos jóvenes continúan teniendo sexo entre ellos, empezarán a experimentar con nuevas posiciones, aditamentos, dinámicas y penetraciones. No obstante, mientras que las posiciones pueden ser muchas, las penetraciones profundas sólo pueden ser tres. Una vez que ella haya permitido que se utilicen todos los orificios de su cuerpo y él haya logrado llevarla a un orgasmo, tenderán hacia la monotonía, porque lo que hay es lo que es, estableciendo una rutina en la que para ella será fácil chupárselo en cualquier fiesta, elevador, habitación, automóvil o circunstancia; y para ella será sencillo tener un orgasmo, al tener la confianza de darle indicaciones a él para conseguirlo. En se momento se habrá perdido el vértigo que causa el temor a lo desconocido, la vergüenza después del primer orgasmo, el cóctel de olores, sabores, sonidos, sensaciones, dolor y desnudez. Finalmente, si esta pareja trascendiera terminaría por llevar una vida igual que la de otros matrimonios. Estable, segura y monótona.

Hubo una chica con la que yo tenía buen sexo pero, eventualmente, tuve la brillante idea de iniciar una relación estable. Esto debido a que mi novia en turno me había terminado y yo no estaba como para estar esforzándome. Entonces, para celebrar, la invité una semana a la playa, a una casa que yo había rentado sólo para los dos, en vez de ir a un hotel, con la intención de poder tener sexo en la piscina, o en cualquier otra parte, sin necesidad de tener que hacerlo a escondidas.

La primera noche, una vez en la casa, después de ir de copas, estando sentados en la sala, sin besarla, me aproximé a ella y levanté sus manos, las junté sobre su cabeza y se las sujeté con unas esposas. Luego, le descubrí los pechos firmes, soltando el *halter* que llevaba puesto, y, presionándola de los hombros, la hice que se hincara, me bajé el cierre, me saqué el pene erecto y le ordené—chúpamelo.

Abrió la boca, dejó entrar el pene y, luego, lo apretó con los labios aún pintados y comenzó a mover su cabeza atrás y adelante, mientras yo la sujetaba del cabello por encima de su cabeza. Después de un par de minutos, comenzó a dar gemidos sordos mientras mi pene estaba en su boca. Entonces la levanté, le di la vuelta y la acomodé de rodillas al borde del sillón, ella apoyó los codos sobre el respaldo exponiendo sus redondos glúteos.

—Eres mía —dije—. A lo que ella respondió con un gemido. Yo, parado al borde del sillón, le subí la pequeña falda y jalé las bragas, con mis rodillas abrí sus piernas, después, la sujeté por las caderas y aproximé mi pene a su vagina que, a pesar de la lubricación natural y su saliva, ofreció algo de resistencia al principio, al notarlo, fui empujando despacio pero con firmeza y, una vez dentro, la comencé a mover a mi ritmo usando mis manos que sujetaban sus caderas. Todo era perfecto, sus glúteos, el cabello revuelto sobre la espalda, sus bellas manos, sujetas por las esposas, contra el respaldo del sillón y sus gemidos de actriz porno.

—¿Te gusta que te lo meta? ¿Te gusta tenerlo dentro? ¿Eres mi puta? ¿Quién es tu dueño? —Le preguntaba.

— Sí, sí, sí, tú, me gusta que me la metas. —Respondía con jadeos—. Después de un poco, la levante, me senté en el sillón y la acomodé sobre de mí, una vez con mi pene dentro, ella paso sus brazos por encima de mi cabeza y con sus muslos comenzó a empujar mientras yo la sujetaba por los pezones, apretándolos con fuerza con los dedos índice y pulgar, para provocarle placer. Después, me levanté sujetándola entre mis brazos, di la vuelta y la acomodé de espaldas sobre el sillón, ella dobló sus piernas para que yo quedara encima ejerciendo presión contra su cadera, con mi pene dentro, al mismo tiempo que, con los dedos de una de sus manos, sujetas todavía, comenzó a estimularse el clítoris. Finalmente, en esa posición, cedió, gimió y llegaron los orgasmos. Esperé unos segundos. Me separé, se incorporó, me senté nuevamente, se arrodilló, acomodó sus manos sujetas sobre mis muslos, abrió la boca y me lo chupó hasta que eyaculé, una vez que yo había dejado todo el semen posible en su boca, se lo tragó, se incorporó, soltó las esposas, me tomó de la mano y me llevó a la habitación, donde, después de otra sesión de sexo, nos acurrucamos y dormidos.

Al siguiente día, después de un frugal desayuno y de tomar el sol, estando los dos dentro de la piscina se lo metí. La verdad es que yo estaba muy excitado, pero ya estando en ello, el agua de la piscina comenzó a provocarme escozor en el orificio del pene, supongo que por el cloro en el agua, usado para la desinfección. También, ella, que al principio pareció ilusionada con la idea, tampoco lo estaba disfrutando mucho después de un rato. Nos salimos del agua y nos acomodamos en la orilla, pero no duró mucho por los picantes rayos de sol de medio día en las costas del Pacífico mexicano. Decidimos ir a la regadera a concluir lo que habíamos iniciado y, ya bajo el chorro del agua, fue fácil pero muy parecido a cualquier otra vez: un rato en su vagina y luego terminar en su boca.

La hora de la comida fue un tema, yo pensé en usar el asador y comer en casa, pero ella quería ir al mercado. Fuimos al mercado. Por la noche, después de salir a cenar, ya en la cama, se lo metí primero como misioneros y luego ella sobre de mi hasta que llegó al orgasmo, me la chupó y luego, con ayuda de un poco de lubricante, se la metí en el ano hasta eyacular, dinámica que ya teníamos muy estructurada.

La tercera noche no salimos, ella no tenía ganas, tuvimos algo de sexo, me pareció que tuvo un orgasmo pero, de cualquier forma, amablemente me lo chupó; supongo que se quería dormir y pensó que así yo haría lo mismo. Tenía razón.

La cuarta noche pensamos en salir a divertirnos, pero ella quería bailar y yo sólo ir a cenar; después de regatear, fuimos a cenar, después de bailar y a mí se me pasaron un poco las bebidas espirituosas. Llegando a la casa, me hice pasar por más ebrio de lo que estaba para que me dejara dormir, porque estaba un poco cansado por haber tomado el sol todo el día en la playa y luego, por la noche, bailando al son de ritmos tropicales, con la gracia que siempre me ha caracterizado. Ella aceptó sin oponer ninguna objeción.

La quinta noche me dijo que estaba un poco amostazada por el sol, que estuvo tomando todo el día en la playa, se acomodó del lado izquierdo de la cama y balbuceó algo parecido a buenas noches. Yo me masturbé pensando en que era una suerte de venganza de la noche anterior y, después, me acurruqué del lado derecho del colchón.

El sexto y último día, fuimos temprano a la playa, luego a la casa y ya no salimos por la noche así que, antes de dormir, preparé emparedados para cenar y, después de comerlos, nos acomodamos en la cama, cada quien de un lado, para terminar el viaje diciendo cordialmente: que duermas bien.

Al día siguiente, en la carretera, ya de regreso, hablamos sobre nuestros planes, sobre lo que cada uno pensaba hacer en un futuro próximo y, evidentemente, estábamos muy lejos. Después de un rato se quedó dormida arrullada por la carretera, mientras yo, que conducía, vi el ocaso al tiempo que, en el automóvil Madrugada cantaba *Majesty*.

Había sido divertido vernos ocasionalmente y tener sexo, pero pasar varios días juntos y conocernos mejor nos llevó a desconocernos por completo, al darnos cuenta que, para bien o para mal, no comulgábamos en casi nada, que en realidad éramos ajenos y que no tenía sentido forzar nada. La dejé en su casa y después fui a cenar solo. No la volví a ver jamás.

El menú para una boda

El menú del banquete para una boda es algo tan lucrativo como complicado de ejecutar. Con base en la teoría de la única vez, todo debe ser perfecto: el lugar, la decoración, las viandas, música, amenidades, estacionamiento, todo. No puede haber errores y no hay posibilidad de repetir. Esta idea me ha llevado a la reflexión sobre lo efímera que es la existencia y, sobre todo, la felicidad. En una boda, la felicidad de una pareja es reducida a un momento, un instante, donde serán protagonistas, después, salvo algunos pocos casos, enfrentarán las vicisitudes de la vida y serán sometidos a un laberinto de vacuidad, dedicando largas sobremesas para vivir de los recuerdos propios y de las vidas de otros.

Por eso la celebración es tan importante, es necesario que toda persona viva se entere que ha sucedido pero, por obvias razones, sólo serán unos pocos elegidos los que atestiguarán y, deseablemente, pregonarán a los cuatro vientos que la boda sucedió. Eso hace que, como invitado, uno debe permanecer en el evento el mayor tiempo posible, para cumplir con el trabajo de reportero del espectáculo, haciendo que la estadía llegué a ser aburrida porque, hay que escribirlo, cuando has ido una boda has ido a todas. Con la experiencia de haber asistido a muchas celebraciones de este tipo, uno encuentra paliativos para sobrevivir al tortuoso proceso que resulta de semejante evento, realizando algunas prácticas socialmente aceptadas. Por ejemplo, el baile de salón puede ser divertido aunque, derivado de la gracia que siempre me ha caracterizado, no es lo mío. De igual forma, charlar durante la sobremesa de las aventuras de los recién casados es común, sin embargo, llega un momento en que queda poco que decir. Finalmente, aunque más complicado que suceda y no necesariamente es socialmente aceptado, es posible, si los astros nos favorecen, tener sexo furtivo.

Esta chica y yo habíamos hablado y de alguna forma nos habíamos flirteado y toqueteado un poco, pero no había pasado a mayores porque yo salía con su hermana, aunque ella y, sobre todo, su boca, me eran muy atractivas. Sin embargo, coincidimos en una boda y como el alcohol, más que afrodisíaco, había nublado mi moral, nos pusimos de acuerdo con el lenguaje de los amantes y, hábilmente, en un momento de distracción, terminamos en una de las tantas áreas de servicio que tenía el enorme y lujoso hotel, donde se celebraba el matrimonio.

Debo confesar que la selección del lugar, que seguramente no sorprende a más de uno, se debió a que nunca en mi vida había tenido la oportunidad de hacerlo en un cuarto de baño de un salón de fiestas; lo que es peor, ni siquiera en el de un restaurante o una discoteca, así que la oportunidad era única y, afortunadamente, como soy muy observador, ya había ubicado una puerta de servicio en la que conseguí el indicador amarillo, en forma de triángulo, que indica mantenimiento o limpieza y prohíbe el acceso.

Estando en mi mesa, le dije a mi novia en turno que iría al bar a relajarme un poco porque la música me tenía un poco cansado, ella, conociéndome, me guiñó un ojo y sonrió. Al salir del salón, me dirigí a las escaleras donde nos encontramos y, sin decir nada, subimos un piso o dos buscando un lugar disponible, una vez que lo hallamos ella entró y, tras verificar que no hubiera nadie y que pudiéramos hacer uso de él, me llamó, yo entré y antes de cerrar la puerta puse el indicador, luego la tomé de la mano, nos metimos en uno de los apartados y, ya en el interior, la besé. Qué tiernos eran sus labios, seguramente pocas lenguas habían estado dentro y, tal vez, ningún pene, así que con suerte el mío sería el primero. Después del primer beso, la liberé del *bustier* y le miré los pechos durante un instante, ella se sonrojó. Me pregunté en ese momento ¿cuántos hombres habrán visto estos pechos? y, lo que lo hace más interesante ¿cuántos más los verán?

Los acaricié, no eran pequeños pero tampoco grandes, preciosos, luego, con la punta de mi lengua, toqué el pezón, que ya estaba erecto, y después lo recorrí por el borde, mientras con mis manos la sostenía de las nalgas y la arrimaba junto a mi pelvis haciendo movimientos oscilatorios, después la tomé por el cuello con una de mis manos e introduje la otra por debajo de la falda, dentro de las bragas, sintiendo el encaje, delgado, fino, al tiempo que dejé de lamer sus pezones y miré su cara, era esa exquisita mezcla de miedo y lujuria que puede perder al más templado de los hombres.

Sentí la humedad y el calor en mi mano, introduje muy despacio mi dedo medio en su vagina, suavemente, mientras la volvía a besar, porque no lo pude resistir. Una vez adentro, mi dedo, comenzó a moverse, alternando, adentro-afuera y atrás-adelante, luego de un minuto o dos, le comencé a bajar las bragas al tiempo que me arrodillaba y, una vez hincado, retiré la falda y olí su sexo: limpio, húmedo, salado. Levanté su pierna derecha y la acomodé por encima de mi hombro, para que me fuera más sencillo acceder a su vagina, sujeté la falda con mi mano y acerqué mi lengua a la parte más baja, cerca del ano, comencé a subir despacio hasta el clítoris y, en ese momento, su suave gemido me indicó que íbamos por buen camino. Ella me tomó la cabeza y yo a ella por las nalgas, y comencé a mover mi lengua entre sus labios vaginales y después sobre el clítoris. Qué rico sabor, era una vagina de poco uso y de edad joven, sin humores ni problemas, limpia, apetecible. Mientras mi lengua seguía jugando con su clítoris, comencé a sentir molestia en las rodillas como consecuencia de la postura, la dureza del suelo y, sobre todo, los minutos que ya habían transcurrido haciéndole sexo oral, afortunadamente, antes de tener que cambiar de posición e interrumpir el momento, ella llegó al éxtasis con suaves gemidos, ligeramente agudos y restringidos por lo furtivo del momento y la vergüenza que sentía conmigo. Al notar que dejaba de hacer presión con su mano en la parte posterior de mi cabeza, ya que había caído un momento de relajación post orgásmica, acomodé su pierna sobre el piso permitiendo que la falda regresara a su lugar, reduciendo su desnudez sólo a los pechos, me incorporé y, sin besarla, porque sabía que mi aliento no estaba perfecto, la abracé suavemente para que no se sintiera inhibida. El momento inmediato posterior a un orgasmo es complicado y hay que saberlo manejar, porque la mujer experimenta un sinnúmero de sentimientos encontrados, una vorágine, un remolino de vergüenza, lascivia, placer, temor, felicidad, duda, todas juntas en unos pocos segundos... qué intensas son las mujeres y que poco entendemos los hombres de ellas.

Aunque el momento era lindo, yo no había terminado y teníamos poco tiempo dadas las circunstancias. Sorpresivamente, ella pensó igual que yo porque comenzó a besarme el cuello con suavidad, luego me soltó la corbata y liberó el primer botón, buscando besarme la manzana de Adán, después, al tiempo que, con sus dedos, lentamente continuó desabotonando mi camisa, sus labios seguían el camino sobre mi piel que sus manos descubrían y, aunque la escena era fantástica, pensé que a ese ritmo empezaría a chupármelo en Navidad, pero no quise presionarla bajándome el cierre, porque ya había tenido experiencias negativas intentando reducir el tiempo de espera, así que sólo suspiré pensando que era una razón para agradecer que mi estatura no fuera mayor de un metro con ochenta centímetros. Finalmente, llegó y entonces, ya sentada sobre el escusado, sutilmente me bajó el cierre y, con dificultad, por el grado de erección y su poca pericia, liberó mi pene. La escena fue graciosa porque al verlo mostró una extraña mezcla entre duda y vergüenza, lo que me hizo pensar que no había visto muchos.

Para ayudarla un poco y que no siguiéramos perdiendo el tiempo, puse mi mano sobre la suya, que sujetaba mi pene, y comencé a moverla suavemente, después la solté y acomodé mis manos sobre sus hombros pero ella sólo continuó moviendo la mano, haciéndolo en círculos y con demasiada fuerza, no sé si era por falta de pericia o la posición en que estábamos, pero parecía que mi pene era un globo para batir y ella estaba batiendo claras a punto de turrón. Después de unos segundos así, decidí presionar un poco más y, con una de mis manos, empujé suavemente su cabeza hacia mi pene, ella abrió la boca acercándose con precaución, mientras cerraba sus soñadores ojos negros. Una vez que lo sintió dentro ajustó los labios y comenzó a moverse suavemente, me parece que guiada más por las publicaciones de la Cosmopolitan que por el instinto. Aunque me era muy placentero verla así me di cuenta de que no lograríamos mucho, porque ella era neófita, yo impaciente y el lugar era el menos adecuado para darle una clase magistral. Pensé que no tenía ninguna razón de presionar el momento, si era inteligente y la hacía sentir bien, ella me daría muchas horas de placer después de invertir en su educación. Entonces, con mis manos la tomé de los hombros, la incorporé y la besé. Luego, mientras besaba su cuello, extraje mi cartera del pantalón, la abracé y con mis dos manos a sus espaldas saqué un condón.

Siempre he creído que existe un mercado para el diseño de una cartera que permita llevar un par de condones sin que se noten, además de tarjetas de crédito, identificaciones, monedas y billetes, sin embargo, nadie la ha desarrollado aún. Además está el problema del condón que, desde mi punto de vista, es que para ponérselo hay que interrumpir lo que se está haciendo, porque se deben de usar ambas manos y, suponiendo que no hay que ir a ninguna parte por él, es decir, al baño, la farmacia o el supermercado, se pierde el calor del momento. Las farmacéuticas ya podrían desarrollar algo, por ejemplo, un condón en aerosol o uno con jareta, que facilite la colocación del mismo, evitando interrumpir el proceso de seducción. Entonces, me separé de ella y me puse el condón con habilidad, gracias a mi afición a leer instructivos de cualquier cosa.

Una vez que el condón estaba en su lugar, recogí un poco la falda y levanté por el muslo una de sus piernas, haciendo que me rodeara con la pantorrilla, luego con mi mano apunté mi pene hacia el interior de su vagina y comencé a presionar, al tiempo que ella me rodeó con sus brazos y comenzamos a besarnos. Después, la recargué contra una de las paredes del reducido habitáculo en que estábamos, la tomé por las nalgas y comencé a jalarla hacia mí, entonces, dejó de besarme y me abrazó con fuerza permitiéndome entrar más profundo, al tiempo que jadeaba y sus senos replicaban el movimiento cada vez que yo arremetía contra ella. Pero, aunque todo era maravilloso, poco lograríamos en esa posición, entonces, me detuve, la solté, le di la vuelta y la incliné un poco, ella, sin oponer resistencia, recargó sus lindas manos contra la pared para sostenerse y, en vista de su docilidad, sentí la tentación de intentar metérsela en el ano pero ataqué la vagina, pensando que, la otra opción, sería complicada en muchos aspectos.

Cuando estuvo de espaldas, levanté la falda nuevamente, acomodé sus nalgas y, estando ella un poco agachada, metí mi mano entre sus piernas formando con los dedos índice y medio una V, para ayudarme a abrir los labios de la vagina facilitando la entrada de mi pene, una vez hecha la maniobra, la penetré con menor dificultad que la posición anterior y, ya que ella tenía mi pene dentro, la sujeté por las caderas y comencé a moverme atrás y adelante, manteniendo el ritmo constante, lo que me proporcionó mucho placer y, además, me permitió ver como mi pene aparecía y desaparecía entre el nacimiento de sus bellas nalgas, después de un tiempo, en esta posición, ella dio un par de gemidos suaves, se relajó un poco y me jadeó que llevábamos demasiado tiempo ahí y que pronto nos buscarían.

Era verdad, entonces, le mentí diciendo que me faltaba poco, ella asintió y, a pesar de que yo no estaba próximo a terminar, me fue sencillo excitarme imaginando que ella estaba de rodillas, completamente vestida, chupándomelo mientras yo le sujetaba el cabello. Con esa estampa en mente, comencé a sentir el cosquilleo del orgasmo y, mientras sus nalgas golpeaban mi pelvis, un par de minutos después eyaculé. WOW ¡Fantástico! visité el cielo. Entonces, se lo saqué, ella se incorporó, se alisó la falda y se subió el *bustier* dándome la espalda, yo salí del habitáculo, me quité el condón, guardándolo en el empaque original, para tirarlo en otro sitio, oriné, guardé mi pene y me subí la bragueta.

Salimos y nos separamos, yo fui al bar del hotel y ella, con los colores subidos, al salón donde tenía lugar la fiesta. Ya en el bar, pedí algo para refrescarme cuando llegó mi novia y preguntó —¿dónde has estado?— con su acostumbrado tono de reproche. Yo, actuando con la habilidad que me caracteriza, respondí que había estado en el bar todo el tiempo. Pedí la cuenta, pagué y bajamos a la fiesta, ella no me reprochó nada más. Ya en la mesa, decidí beber una copa más antes de decir a mi novia que nos fuéramos, porque yo estaba un poco cansado. Cuando finalmente logré que me trajeran mi bebida, mi novia me tomó por la mano y, en un tono que me sonó a despedida, dijo —Vamos a la pista—. Nos levantamos y comenzamos a bailar, cuando el grupo interpretaba *Y todo para qué* de Intocable.

Nunca entenderé por qué las mujeres actúan así, de tontas no tienen un pelo y, sin embargo, reaccionan de formas muy contrarias a lo que se esperaría. Lo que yo no comprendí en ese instante fue que ella, mi novia, ya había ido a buscarme al bar veinte minutos antes. Sabía que yo había mentido y, sin embargo, decidió no hacer o decir nada en ese momento, probablemente porque no tenía idea lo que sucedió en ese tiempo o, tal vez, no quiso hacer un escándalo en la fiesta de boda de una de sus primas.

Sólo tuve dos indicios de que ella sospechó algo. El primero fue la sonrisa sardónica que le dirigió al barman cuando regresó al bar y me encontró en él; era obvio, cuando había ido a buscarme la primera vez fue a él, al barman, a quien preguntó por mí. El segundo fue que ella terminó la relación a los pocos días, sin darme mayor explicación.

Después de que mi noviazgo terminó, con todo el dolor de mi corazón, decidí que a ella no la buscaría más porque seguro que tendríamos problemas con la familia y, también, era evidente que mi ex-novia no aprobaría nuestra relación, porque era su hermana menor. Pero debo escribir que aún la recuerdo con mucho cariño, porque el sexo que tuvimos, esa noche, en aquel hotel, fue algo que no olvidé jamás.

La fidelidad del comensal

El problema del platillo estrella de un menú, por buena que sea su configuración, es que nadie quiere comer lo mismo todos los días, porque, aunque sea el mejor, contenga los mejores ingredientes y sea cocinado por el mejor chef, al paso del tiempo cansaría a cualquiera. También, es posible que, dentro del menú, encontremos variedad suficiente y que, aunado a la pericia del chef, logre que el lugar trascienda en el tiempo y, como leí de una marca de automóviles, envejezca con dignidad.

Sin embargo, en el otro extremo, ante una plétora de alternativas, negarse a las posibilidades infinitas que el universo de la gastronomía ofrece es complicado, provocando que, al igual que todo en esta vida, existan ciclos y que, desafortunadamente, los comensales, tarde o temprano, sean infieles. De igual forma sucede en el sexo porque, entre los humanos, es complejo imaginar un *Siempre* que dure más de siete años, sin que haya otras variables en la ecuación. ¿Por qué? Porque la fidelidad, que a veces pareciera que es, por la forma en que se habla de ella, un lugar físico al que se llega o en el que se deja de estar, después de cometer adulterio, es una idea y, entonces, es un acto de fe. Así, siendo humanos de poca fe, la fidelidad, es difícil de encontrar o, peor aún, de conservar.

Por diferentes razones, que no viene al caso escribir, llegué a conocer a una pareja que me invitó a mí y a mi novia en turno a un bar *swinger*. Después de comentarlo, ella sorpresivamente aceptó sin oponer mayor resistencia, aceptando que, desde tiempo atrás, tenía curiosidad de experimentarlo. Una vez hablado a detalle entre nosotros, concertamos la cita con la pareja que nos invitaba, quienes diligentemente reservaron en el lugar seleccionado.

Llegó el día y llegamos al lugar que mostraba una fachada sin indicación alguna, pero fuimos recibidos muy amablemente por un valet y luego, en la entrada, por personal muy bien vestido y, sobre todo, amable. La otra pareja ya nos esperaba en el lobby, pagamos el *cover* y avanzamos a la entrada y, sin que yo lo esperara, a la entrada me pidieron dejar reloj, bolígrafo, cartera y teléfono móvil. Una vez despojados de todo lo despojable, ingresamos al interior y encontramos un salón amplio, poco arreglado, dispuesto en forma de escenario. El mesero, con mucha amabilidad, nos llevó a nuestra mesa y ofreció la carta de bebidas, que sorpresivamente mostraba una adecuada selección de marcas y espíritus. Seleccionamos y minutos después teníamos lo que habíamos solicitado. Luego, inició un show de tres *strippers*, dos hombres y una mujer, que durante varias canciones amenizaron a los asistentes, hasta llegar al clímax del show, protagonizando una suerte de *menage à trois* al tiempo que se escuchaba, con una nitidez sorprendente, exhibiendo la calidad del equipo instalado, *My immortal* de Evanescence.

Debo confesar que, mientras el trío ejecutaba su show, no logré quitarle la vista de encima a mi acompañante, ella, sorpresivamente mostraba madurez y seguridad, de hecho, parecía estar mucho más complacida con lo que estaba sucediendo que yo, lo que en parte me llenó un poco de vergüenza porque, teóricamente, yo era el avezado y temerario explorador de las profundidades de la sexualidad y, graciosamente, me sentía un poco atemorizado. Entonces, justo cuando terminó el espectáculo y, el maestro de ceremonias y anfitrión, a través del micrófono, con mucha delicadeza, nos invitó a pasar al *mezzanine*, ella volteó a verme y, sin decir más, me besó. En ese instante fui suyo para siempre, porque me maravilló su fuerza y deseo de experimentar, de vivir y de no quedarse con dudas de nada, como siempre me lo había manifestado.

Una vez concluido el beso, miré y prácticamente éramos los únicos en el salón. La pareja con la que asistimos con conocimiento del tema, nos indicó que sería ideal que subiéramos para poder estar más cómodos. Así lo hicimos y, una vez que terminamos las escaleras, pude ver un salón pequeño, con algunas parejas en él, con un *booth* de fondo y una especie de cuadrilátero al centro, pero sin postes o cuerdas. Luego, nos indicaron la entrada al salón y, con lentitud, avanzamos. Una vez dentro, la luz prácticamente se extinguió permitiéndome distinguir únicamente siluetas humanas que, en el fondo del salón, estaban en diferentes posiciones sexuales, confirmadas por las sinfonía de éxtasis que los participantes entonaban. Ella, la chica con la que yo había asistido, no me soltaba la mano y estaba recargada sobre mi espalda, como si yo fuera una especie de parapeto, volteando para todos lados, entonces, nuestros guías nos separaron, ella me tomó de la mano y me llevó a un pequeño espacio contra la pared donde, antes de sentarse en una suerte de otomano, me besó dulcemente, después, se sentó y con sus manos me bajó el cierre y sacó mi pene que ya había alcanzado la dureza máxima y, entonces, después de jugarlo un poco con su mano, lo metió en su boca y comenzó a moverse para atrás y para delante provocándome mucho placer. La escena, que no podía ser mejor, con esta mujer dándome sexo oral mientras yo la sujetaba por el cabello, inmersos en una orgía en proceso, me hizo sentir orgullo de mí mismo por haber llegado a ese hito en mi vida que, sin ser como yo lo hubiera imaginado, era fantástico y, por esa razón, ella sería uno de los más lindos recuerdos y siempre estaría presente.

Mientras me regodeaba un poco, alejando por mucho mi eyaculación, para disfrutar lo máximo posible, fuimos interrumpidos por algo que no estaba previsto. Su marido se situó a mi lado, yo, con la vista mucho más adaptada a la falta de luz, miré su rostro y, aunque no parecía molesto, como disparado por un resorte, solté el cabello de su esposa y puse mis manos en la espalda, luego lo miré y le profesé una sonrisa mientras que, con la sagacidad que siempre me ha caracterizado, evalué las opciones mientras su esposa nos daba sexo oral a ambos. Sin saber cómo reaccionar, para no ocasionar un mal entendido, le pregunté, tímidamente, por mi novia, él amablemente me dijo que estaba atrás de mí y que se había sentido un poco incómoda. Giré la cabeza buscándola con la mirada y sí, estaba detrás de mí, yo, sin saber qué hacer, le dirigí una mirada de reprimenda intentando que entrara en razón y, dadas las circunstancias, atendiera al caballero que, con su esposa, amablemente nos había llevado a ese lugar. Sin embargo, por vergüenza o porque realmente no quería hacerlo, permaneció inmóvil detrás de mí.

Sin ver otra alternativa, haciendo gala del estoicismo que siempre me ha caracterizado, aprovechando que la mujer estaba concentrada en el pene de su marido, suavemente comencé a girar dándole la espalda para que, con el movimiento, me soltara el pene que, con su mano, seguía estimulando. Una vez que me liberé, sin decir nada, porque no sabía qué decir, con el pene erecto y de fuera, abracé a mi pareja y suavemente la fui empujando hacia otra de las paredes y, una vez ahí, le pregunté que había pasado, a lo que ella respondió que no había podido hacerlo en el último momento, que la disculpara. La abracé y, después de besarla, le dije que nos fuéramos. Ella me dijo que no me dejaría irme así, con el pene de fuera y duro. Entonces, acomodándose sobre uno de los sillones que estaban en el lugar, me tomó por el pene y comenzó a chupármelo hasta que, un poco después, eyaculé a plenitud en su boca. Una vez que ella había succionado los posibles residuos, se levantó y me abrazó y, en ese momento, los dos juntos, rodeados de mujeres y hombres teniendo sexo, fue que llegamos a conocernos. No tuvimos que decir nada, todo era evidente. Una vez que mi pene estaba un poco más manejable, lo acomodé dentro de la cremallera, me subí el cierre y, sin despedirnos, salimos del salón obscuro. Una vez afuera, encontramos algo muy similar que lo que había adentro, sólo que con bastante luz. Por cortesía, apuramos el paso dirigiendo sólo algunas miradas de soslayo hasta que, finalmente, después de bajar las escaleras, llegamos a la salida, pagué la cuenta de las bebidas, recogimos nuestras pertenencias y, una vez que el valet trajo el automóvil, salimos a la obscuridad de la noche.

A ella no la volví a ver por diferentes razones. La más importante es que no aceptaba salir con otros hombres, salvo que fuera en pareja y con su esposo. No había infidelidad, era sencillamente una forma de interpretar la sexualidad. Por mi parte, la que era mi novia esa noche, que no quiso volver a intentarlo, aunque sólo se lo pedí una vez más, al poco tiempo, por diversas razones, terminó la relación que duró poco pero que quedó marcada por aquella noche. Sin embargo, me quedaron dos aprendizajes. El primero es que no hay una única realidad, la realidad es una suma de las realidades. También, es que no hay bien o mal en las relaciones sexuales, simplemente se trata de que ambos, él y ella, entiendan y consientan lo que está sucediendo.

Ordenar sin ver el menú

Pedir sin ver la carta en un restaurante puede ser arriesgado. Normalmente, es una práctica que tiene como fin impresionar a la mujer que nos acompaña, exhibiendo conocimiento del lugar o de la gastronomía, pero el resultado nadie lo puede garantizar porque puedes pedir algo que ya no está en la carta, que no era lo deseado, de precio más alto que lo planeado o, tal vez, algo fantástico que te haga tener presente el sitio y siempre pensar en regresar. Así, en el amor, salir con alguien sin tener información de quién es, qué hace o cómo piensa puede tener un desenlace inesperado, puede ser que no trascienda, que tengas buen sexo durante un tiempo o, también, puede ser que, simplemente, te rompan el corazón.

Después de algunas conversaciones, ella confirmó mis sospechas. Por razones que no logro comprender, era virgen a pesar de tener casi veintisiete años y un cuerpo que reclamaba propietario. Aunque no puedes saberlo en realidad, mi experiencia sumada a su actitud me obligó a dar crédito a su aseveración. Pensé, entonces, en alejarme ya que si había durado tanto tiempo casta, no había ninguna razón para que dejara de serlo conmigo, porque una vez que cruzas la barrera del tiempo, más allá de la normalidad, el resultado es impredecible y, sobre todo, difícil de administrar. Por otro lado, no hacerlo, teniendo oportunidad, es tonto, porque si no lo haces tú, otro más lo hará, entonces, mejor que seas tú. Ésta es una forma revolucionaria de entender que si tienes oportunidad de tener sexo con alguien y no lo haces, más de uno sí lo hará y lo disfrutará, entonces, ¿por qué dejar pasar la oportunidad? Toma lo que te den cuando te lo den porque no sabes cuándo te lo vuelvan a dar, es algo que se aprende en la calle, viviendo, porque el mañana es eso, mañana, infinitivo del verbo no haré las cosas por miedo. Era ella en ese momento, porque del futuro más o menos próximo nadie sabe nada.

En su caso, no tuve que tomar la decisión sobre quedarme o irme porque recuerdo que, sin saber cómo, yo ya estaba enamorado, porque amar a una mujer es muy sencillo, puede ser con cualquier pretexto y sin aviso. Quién decidió, en su momento, que no volveríamos a vernos, fue ella. Sin embargo, su manera de sonreír y de mirarme me hubieran dado la fortaleza necesaria para cambiar al mundo, sólo que no tuve la valentía para aceptarlo. Durante días de hablarnos, yo no me había dado cuenta de lo que sentía o, posiblemente, no quería aceptarlo pero ella, afortunadamente, se encargó de hacérmelo notar el día que nos besamos por primera vez.

—Y que piensas, ¿por qué se dio esto? ¿Desde el primer día que nos vimos en la oficina o cuándo fue? —Ella me preguntó.

—Yo creo que existen fuerzas muy por encima de la voluntad humana y que tienes dos alternativas: intentar explicarlo o intentar vivirlo... ¿Cuándo fue? eso es muy complicado, desde siempre, desde antes... hace siglos, hoy por la mañana... ¿Cómo saber cuándo fue? ¿Exactamente? ¿Horas y minutos? —Respondí en mi acostumbrado tono dogmático.

—¿Pero qué te llamó la atención de mí? —Insistió.

—¿Qué me llamó la atención de ti... ? ¿Qué tal todo? ¿Hay alguna opción de tenerte por partes? ¿O puedo configurarte? Es decir, ¿Se puede seleccionar lo que te gusta y lo que no de una persona? —respondí en un tono más seco, porque yo no terminaba de entender qué era lo que quería ella escuchar.

—¿Configurarme? —Preguntó.

—Sí, me preguntas qué me gustó de ti, como si me fuera posible dividirte en partes —Dije pensando que ella quería escuchar algo sobre su belleza.

—Como quieras, pero dime... —Me dijo mientras yo pensaba que nunca sabría qué debería decirle.

—Me gustan las combinaciones que utilizas al vestir, las texturas y los colores, me gusta tu sonrisa, me... —No terminé de decir cuando ella me interrumpió.

—No digo eso, simplemente, ¿qué te llamó la atención de mí a diferencia de las demás?

—Me gustaba cuando te preguntaba algo porque estabas distraída y tú, rápidamente, mirabas tus notas como si en la primera página estuviera lo que yo te estaba preguntando... —Dije, recordado lo gracioso de su proceder.

—Es que me tomabas por sorpresa —Respondió, al tiempo que yo descansé mentalmente, porque finalmente había logrado pasar la pregunta.

—La forma en que me mirabas —continué— el día que me preguntaste tus dudas, la vez que coincidimos en el Café, el perfume que usaste ayer —rematé con el fin de concluir la conversación y seguir con los besos.

—¿Te gustó? —Respondió con emoción.

—Demasiado, tuve que evitar verte a la cara —Decidí, entonces, poner la cereza en el pastel.

—Fíjate que sentí que no me querías ver, algo extraño, como si no quisieras delatarte. —Me dijo ella ilusionada.

—Sí, fue muy complicado y preferí no verte a los ojos —Esto era verdad, en ese instante no me fue posible verla a la cara.

—Pero me gustó y me sacudió tu último comentario: adiós linda —continuó recordando con evidente emoción —fue increíble que me lo dijeras, fue impactante, no imaginé que te atrevieras, me sacudió como no tienes una idea, de verdad que no pude ni dormir, tuve muchas sensaciones —Me dijo en tono reflexivo.

—¿Qué sensaciones? —Había yo mordido el anzuelo.

—Fuertes, intensas. —Reflexionó un instante.

—Desde que hablé contigo hasta lo de linda y qué no me querías mirar. —Lo había notado, pensé, qué bueno que no trascendió en ese momento.

—Sí, pensé que si te veía no me podría contener y te diría algo —Era verdad, salvo que no pensaba en decirle algo, pensaba en hacerle algo.

—¿Cómo qué? —Cuestionó. Vaya pregunta, pensé, por ejemplo, ¿tienes planes para el resto de tu vida?

—No lo sé, muy complicado tan cerca, tu perfume... no, no lo sé —Respondí.

—¿Sabes? Lo intuía desde hace días, ¡Pero no lo podía creer! Porque yo sentía que cuando me veías era electrizante, en verdad. ¿Te hubieras atrevido a algo más? —Me dijo sonriendo.

—No, en el trabajo no —Respondí.

—¿A tocar mi mano? —Me preguntó al tiempo que sonreía de la forma que era capaz de hacerme sonreír a mí e ignorar al resto del mundo.

—¿Si hubiera querido tocar tu mano...? —Pregunté con honesta curiosidad.

—¿Qué? Pues nada, ¡no te hubiera rechazado! ...creo... —Respondió sin dejar de sonreír.

—Es complicado había mucha gente y además no era el lugar... —Dije con la intención de terminar de hablar.

—Lo entiendo y pues imagínate sí lo hubieras hecho, ¡me muero! —Exclamó.

—Sí, pero además era muy intenso tu perfume, estuve al borde de la locura —Su perfume, ese día, me había llevado a recordar una de mis más obscuras fantasías.

—Me encanta ese perfume —Me dijo con orgullo.

—No me fue posible reconocerlo, ¿cuál era? ¿Hypnotic Poison? —Pregunté con ilusión.

—No, Kenzo Amour... un perfume especial, para un día especial —dijo—. Y fue un día especial —pensé—, porque fue el día que me enamoré de ella.

Por razones de trabajo, a la mañana siguiente ella tuvo que viajar fuera de la ciudad. Calculando la hora que abordaría el avión, antes de partir, le escribí un SMS que decía: No sé por qué irás en avión, si los ángeles tienen alas. Eso firmó todo. Estábamos juntos y lo estaríamos hasta que lograra que ella decidiera dejar de estarlo. Una vez que regresó fui por ella al aeropuerto y pasamos la tarde juntos, luego de comernos a besos, terminamos en mi cama pero, aunque desnudos, no me dejó penetrarla por la vagina ni por el ano, sólo me permitió hacerle sexo oral para que ella tuviera orgasmos. Sin embargo, yo obtuve mucho placer.

Tenerla desnuda y provocarle éxtasis fue suficiente para mí. Así sucedió un par de veces, después de salir de copas, terminábamos en mi casa y yo la llenaba de placer con mi experimentada lengua, hasta que llegó un momento en que no pude esperar más y, dulcemente, le dije que yo deseaba que me hiciera sexo oral, ella mostró interés al mismo tiempo que un genuino atisbo de vergüenza. Fue sólo un atisbo, porque estábamos desnudos y ella recién había tenido algunos orgasmos de la forma más egoísta posible. Poco a poco logré que lo introdujera en su boca y que con cierta torpeza me chupara el pene mientras yo la veía hacerlo. Después de disfrutar la escena, le sugerí como usar su mano al mismo tiempo que la boca, para que fuera mayor mi placer y no le llevara todo el día que yo eyaculara, luego, cuando estuve próximo a terminar, le avisé para que se hiciera de lado y me dejara, usando mi mano, llegar al orgasmo. Conforme pasaron los días ella decidió, después de reflexionar sobre el placer que recibía de mi lengua, aceptar que yo me vaciara en su boca. La primera vez, después de que lo hice, ella, escupió todo a un lado de la cama y con un pañuelo desechable limpió su lengua. Aunque fue una escena complicada, debo decir que yo estaba fascinado con ella y, sobre todo, con lo que habíamos compartido. No me refiero a fluidos, sino a un día, entre los tantos días que nos provocamos orgasmos usando nuestras bocas, que después del éxtasis, ella, llorando, me confesó algo que en su vida la había marcado. Algo terrible y que, terriblemente, sucede. Cuando dejó de llorar, como si fuera una niña pequeña, se quedó dormida sentada sobre mis piernas entre mis brazos, al mismo tiempo que en el reproductor de CD de mi casa se escuchaba *A tu lado* de Duncan Dhu.

Al poco tiempo, sin previo aviso, me reclamó que alguien le había dicho haberme visto entrar a un motel en cierta zona de la ciudad. —¡Mentira! Jamás he ido a hoteles en esa zona —respondí al calor de la discusión con mi sagacidad habitual. La situación era complicada, su novio comenzaba a sospechar algo y mi novia en turno ya estaba dando demasiados problemas. Así que ella, pocos días después decidió que no nos volveríamos a ver. Fue tan intenso, tan doloroso, que nunca llegué a aceptar que tomara esa decisión. Después de un tiempo logré consolarme con la idea de que su novio realmente valía la pena. Recuerdo que ella siempre tenía presente la frase que dice que nunca dejes a quien te ama por quien te gusta, porque quien te gusta te dejará por la persona a quien ama. También pudo ser porque, sencillamente, se dio cuenta de que conmigo lo único que seguro tendría era incertidumbre.

Días enteros tecleé su número en el teléfono sin levantar el auricular, sólo para imaginar su dulce voz del otro lado de la línea. También, pasé largas horas fuera de su casa, entre las sombras, para verla salir o entrar y saber cómo se había vestido. Realmente me había dolido mucho perderla pero, finalmente, estoico, como siempre he sido, un día decidí no pensar más en ella, aprovechando que yo había encontrado con quién pasar mis tardes de soledad.

Muchos meses después, cuando ya llevaba tiempo sin recordarla, me escribió a través de Messenger. Al ver su mensaje, mi cuerpo se estremeció, sentí tal emoción que no pude evitar decir su nombre en voz alta, pero, después de responderle con el saludo, ella escribió que sólo quería saludarme y saber que yo estaba bien. También quería que supiera que se había casado y que era una mujer feliz; y, después de desearme lo mismo a mí, se despidió y nuevamente desapareció para siempre. Sin embargo, las palabras que escribió revivieron mi pasión por sus labios y, al mismo tiempo, movieron algo en mi interior. Ya no era sólo que estuviera con otro, era que yo había dejado ir la oportunidad de compartir con ella mi futuro. Nuevamente, estuvo presente mucho tiempo en mi pensamiento, porque fue ella, en esa corta e intensa relación, la que me regresó a la vida, porque ella me entregó su más profundo secreto, haciéndome sentir que yo era un hombre digno de su confianza, que en mí podía recargarse cuando flaqueara y que yo sería capaz de sostenerla. Ahora, cada vez que el fantasma de la derrota se aproxima, pienso en su recuerdo y me llenó de fuerza; porque llevo años viviendo con la esperanza de que tal vez, con el tiempo, si ella se divorcia, yo podría tener una segunda oportunidad.

Capítulo 4: El chef

El lugar del chef

Podemos pensar que el lugar de un chef es la cocina, sí. Pero, además de cocinar, hay muchas otras cosas que hacer. Por ejemplo, las compras y el pago a proveedores. Entonces, también un chef es chef en el mercado y en la oficina, porque tiene que dedicar tiempo y esfuerzo a cuidar todos los detalles, para lograr que no sólo sea reconocido por la preparación, también por la calidad de los ingredientes y, sobre todo, porque su negocio es rentable.

Lo mismo sucede en la sempiterna conquista del sexo opuesto, donde es importante entender que hay muchos lugares para conocer y conquistar; que muchas veces no es el escenario ideal o deseado, pero es el escenario en que estamos y, sin otro remedio, tendremos que hacer lo mejor que podamos para llegar, tarde o temprano, a donde queramos llegar.

En el fondo siempre he sido tímido y me da vergüenza acercarme si no tengo un pretexto, pero si encuentro algún motivo para hablar con la ninfa, normalmente, tengo la posibilidad de obtener buenos resultados. Siempre he pensado así, hablar es lo mío. Evidencia tengo de sobra, por ejemplo, un día que estaba en la sección de zapatos para dama de una tienda departamental, porque por alguna extraña razón siempre he disfrutando haciendo el papel de canon de la moda. Estando entre los escaparates, me aproximé a un zapato que me llamó la atención y entonces, no sé por qué, levanté la vista y nuestras miradas se encontraron. Ella se sorprendió un poco y un momento después bajó la vista, sin embargo, la escena era preciosa por que era bonita y esbelta, con senos suficientemente grandes como para el escote que los custodiaba, nalgas levantadas y unas manos preciosas, que sostenían unos zapatos tipo *müller*. Mientras ella veía los zapatos, que eran realmente lindos, se le acercó una joven y le mostró otros, la escena fue por demás curiosa porque, la joven que era su amiga, era rolliza y poco agraciada. Fue cuando comprendí que la mejor forma de resaltar algo es ponerlo entre sus antípodas, es decir, es difícil encontrar un grupo de mujeres todas súper guapas. Por lo regular, una sobresale y esa es la estrategia, porque su belleza resalta más entre las amigas, que de todas no haces una, es decir, en tierra de ciegos el tuerto es rey.

Cuando la amiga se aproximó la llamó por su nombre, permitiéndome entonces saber como se llamaba. En un momento, descuidadamente me aproximé a ella con el fin de olerla y, cuando estaba a punto de lograrlo, se cayó uno de los zapatos que recién había devuelto al escaparate, reaccionado con celeridad lo recogí y se lo ofrecí llamándola por su nombre, ella, al recibirlo, con cierto gusto, me preguntó si me conocía, yo, respondí que no y que era una tristeza, le dirigí una sonrisa y me alejé. Honestamente, cuando le di el zapato, el temor me hizo presa y, tarado como soy, sólo atiné a salir huyendo con una pírrica victoria. Finalmente, llegó el amigo a quien esperaba y, después de saludarle, le pedí que nos fuéramos de ahí porque estaba más enamorado que de costumbre, ya que acababa de ver a la mujer más hermosa del mundo, mientras caminábamos, el me preguntó sobre lo que había sucedido para que, de la nada, le dijera que estaba enamorado. Yo le expliqué todo y, una vez concluido el relato, mi amigo, hombre al fin, comenzó a molestarme sobre mi cobardía y, después una serie de los clásicos cantitos de burla, mi orgullo machista me obligó a regresar a buscarla pero, desafortunadamente, había pasado mucho tiempo y, ella, ya no estaba.

Salimos de la tienda y caminamos por la calle, rumbo al lugar donde previamente habíamos convenido que comeríamos. Al entrar, algo atrajo mi interés y, al mover la cabeza, nuestras miradas se cruzaron nuevamente, mi corazón se aceleró y, una vez en la mesa, le comenté a mi amigo, él me dijo que le hablara, que por algo tenía yo una segunda oportunidad. Entonces, haciendo acopio de pundonor y coraje, me paré y caminé hasta su mesa, casi al llegar, trastabillé con una mesa plegable de servicio que estaba a un lado y que yo, con los nervios, no había visto. Finalmente, llegué a su mesa y, mientras ella reía un poco, junto con su amiga, me dedicó una mirada de aceptación y, entonces, le hablé.

—Hola, ¿me recuerdas? — Vaya, pensé, que elocuente soy,

evidentemente me recuerda porque soy el de los zapatos de hace diez minutos que se acaba de tropezar delante de ella.

—Sí, te recuerdo.

Le dije mi nombre, ella me sonrió y me presentó a su amiga. Entonces, decidí que tenía que actuar rápido.

—¿Me das tu teléfono? —Le pregunté.

—Tengo novio. — Me dijo sonriendo, mientras la amiga, no dejaba de reír ahogadamente.

—No tengo prisa. — Respondí, aunque sí la tenía y odio decir mentiras, fue lo primero que atiné a decir.

—Jajaja —rió.

—Está bien, ¿tienes dónde anotar? —Saqué mi Nokia y lo tecleé.

—Te llamo para invitarte a salir. —Dije, me aproximé a ella y me despedí con un beso en la mejilla, para luego hacer lo mismo con su amiga.

Al día siguiente, la llamé y al poco tiempo comenzamos a salir, sin que yo lograra nada más que besos y furtivas sobadas. Sin embargo, algo que me llamaba mucho la atención de ella es que cuando hablaba de su hermano decía que era tonto, yo le preguntaba por qué lo decía, si el chico era buen estudiante y, además, era el centro ofensivo en el equipo de *football* de su universidad, pero ella sólo respondía que era un tonto y me sonreía.

Finalmente, después de semanas de espera y trabajo arduo, estábamos en su casa, sin los padres o el hermano. Ahí, entre beso y beso, le dije que fuéramos arriba. Al principio se negó arguyendo que era muy pronto, sin embargo, en el eterno juego de la seducción la regla es: ella no dirá que sí a la primera, entonces un no es un sí, si sabes negociar de forma adecuada. Así, unos minutos después, subimos tomados de la mano. Una vez arriba, entramos a su habitación e inició un CD en el reproductor de su habitación, que me dejó reconocer a la Maldita vecindad cantando *Caer*.

Estando de pie, mientras yo la besaba y, con mis manos, por debajo de su blusa, jugaba con sus pezones, ella me decía que no quería sexo, que quería hacer el amor, que no quería que todo fuera acostarse y nada más, que quería conocerme, salir, amar y sentirse amada. Sí claro —pensé— lo que ésta quiere es gastar mi dinero y que después veamos qué pasa. Afortunadamente, fue cediendo poco a poco permitiéndome meter la mano por debajo de la falda para, después, introducir un dedo en su vagina al tiempo que lamía sus pezones erectos que habían quedado expuestos. Después, busqué su mano y la puse sobre mi pene, a lo que ella accedió y comenzó a frotarme encima del pantalón con más ánimo que pericia, yo seguí con el dedo índice en la vagina e incorporé el anular sobándole suavemente el ano, cosa que ella aceptó y agradeció frotándome con más fuerza.

Pensé que lo que necesitaba era un pequeño empujón, así que me bajé el cierre y por un segundo noté en ella duda, luego me lo saqué y busqué su mano con la mía y la puse gentilmente en él, ella cerró la mano alrededor de éste y comenzó a moverlo pero, por un momento, estuve a punto de detenerla, porque parecía que estaba intentando demostrar la elasticidad de un pene erecto más que producirme placer pero, con el estoicismo que siempre me ha caracterizado, aguanté y empecé a bajarle las bragas, ella intentó resistirse con su otra mano, pero amablemente insistí y finalmente cedió, dejando que las bragas cayeran quedando sobre sus tobillos. Para ese momento yo sentía molestia con su trabajo de estimulación, porque ahora parecía que estaba usando el control en un videojuego de naves espaciales. Sin demostrar dolor, gentilmente quité su mano de mi pene y, rápidamente me puse de rodillas y comencé a lamer su vagina, yendo del exterior a al interior con la lengua y terminando en el clítoris. Ella mostró complacencia y comenzó a enredar sus manos en mi cabello, tiempo que aproveché para que mi pene se recuperara de los ejercicios de estiramiento a los que fue sometido.

Después de unos minutos, me dijo que también quería y me jaló de los hombros para que quedáramos sobre la cama. Ya acostados giró y se acomodó sobre mí, dejando mi cabeza entre sus piernas y la suya sobre mi pene, lo introdujo en su boca con mucha sutileza y comenzó a subir y bajar lentamente. Para mi sorpresa, ella no lo hacía nada mal, lo que fue un gran alivio después de la forma en que había estado moviendo mi pene con su mano, sin embargo, debo confesar que esta reconocida posición, en la que ambos hacen sexo oral al mismo tiempo, no es de las cosas que me dé mayor placer en este mundo, porque no puedo ver cómo me lo chupan y, además, conforme ella se excita puede hacer movimientos bruscos y lastimar, con los dientes, la sensible piel del pene y, sobre todo, del glande. Pero, evidentemente, en los menesteres del sexo es fundamental siempre dar un paso al frente y ya, entrados en el tema, pensé que sería interesante terminar los dos en esa posición, ya que ambos estábamos disfrutándolo. Así que apreté el paso y comencé a estimular su clítoris con mi pulgar, al tiempo que movía mi lengua a un ritmo constante sobre los labios menores. Entonces sucedió lo inesperado, porque jamás imaginé cómo concluiría tan interesante aventura en mi vida. Como siempre he pensado, nunca se toman suficientes precauciones y, por descuido, no cerré la puerta de su recámara con el seguro.

Siempre me había dicho que su hermano era tonto, pero nunca me explicó el porqué. Desafortunadamente, ese día entendí por qué decía que era tonto, cuando el hermano, entró y nos sorprendió dándonos placer mutuamente. Él, al vernos, sólo atinó a preguntar con voz iracunda, ¿qué están haciendo? Pensé, sí, es tonto. Acto seguido arremetió contra mí. Debo confesar que me maltrató un poquito, porque, además del volumen físico del atlético hermano, yo estaba desnudo, con el pene erecto, muy excitado y, desafortunadamente, no podía dejar de reírme, pensando en la forma en que entendí por qué decía que era tonto. Mientras el hermano, que estaba sobre de mí, me tiraba golpes, ella, cubierta por una sábana nada más, le gritaba que me dejara y se saliera, después de algunos segundos de escaramuza, que me parecieron eternos, ella logró calmarlo y llevarlo a otra habitación, mientras que yo aproveché el momento para vestirme y salir huyendo. Afortunadamente el asunto no trascendió a mayores, es decir, el hermano no les dijo nada a los padres, pero lo ocurrido hizo que ella prefiriera no verme por un tiempo, con lo que yo estuve de acuerdo, porque no estaba seguro de poder contener mi risa si veía al hermano otra vez. Finalmente, el tiempo que dejamos de vernos fue suficientemente largo como para que fuera definitivo.

Ella me dejó como aprendizaje que, para conocer a una mujer, no siempre el mejor lugar es el antro de moda o algún bar famoso, porque muchas veces en esos lugares las mujeres van con la guardia levantada. En cambio, en una zapatería, por ejemplo, es fácil encontrar a las mujeres distraídas y accesibles y, con un poco de suerte, es posible que las cosas lleguen al lugar que los amantes ansían llegar: la lascivia. Con ella también aprendí que uno siempre debe de estar preparado para cualquier cosa, porque nunca se toman suficientes precauciones, tampoco demasiadas.

La pizca y la paciencia

Siempre he creído que la cualidad más importante en un chef es el secreto de la pizca, saber que una pizca de un ingrediente es la cantidad exacta necesaria que queda presa entre el pulgar y el índice. Si para un chef la mejor cualidad es el secreto de la pizca, para un amante la mejor cualidad es conocer el secreto del tiempo. Saber que todo proceso necesita paciencia y que la paciencia es eso, paciencia, intercambio de tiempo por algo que se desea, se necesita o ambos. Así la sazón es del exacto, la conquista del audaz, la palabra del sabio, la posesión del fuerte, la carrera del rápido y el amor del paciente. Finalmente, paciencia es el tiempo que se paga por la espera.

Esta chica me había estado coqueteando, a veces tan evidentemente que me desconcertaba un poco, pero por los avatares de la vida yo no me interesé demasiado en ella, debido al tiempo que me demandaba mi nuevo puesto como gerente y, también, a que vivía un idilio. Sin embargo, la pasión por el idilio se extinguió y el empleo comenzó a ser monótono, así que decidí que mi vida necesitaba un cambio y, como muchas otras veces, comencé a buscar, en mi agenda mental, quién podría ser la doncella que inmolaría en el altar de mi lujuria con la daga del amor. En ese momento ella regresó a mi mente y, seguro de que no había pasado mucho tiempo, fui a su lugar a buscarla. No estaba. Eran sus vacaciones. Esperé una semana y regresé, no estaba. A consecuencia de sus vacaciones, estaba en junta retomando actividades. Regresé al día siguiente y, finalmente, la encontré. Ella mostró sorpresa y, después de algunos monosílabos, me dijo que tenía una junta pero que ella me buscaba. No sucedió. Una semana después la llamé a su oficina para invitarla a salir. Le dije, después de saludarla, que el viernes fuéramos a cenar y respondió que ella tomaba clases los sábados temprano, entonces le dije que el sábado a comer, me dijo que sí, pero que tendría muy poco tiempo porque tenía un reunión familiar por la noche. Finalmente, le ofrecí desayunar el domingo a lo que ella accedió. Debo confesar que, cuando logré que aceptara, me sentí contento porque finalmente ella saldría conmigo, pero, un minuto después, me di cuenta lo que había pasado. Ella era quien había iniciado todo, semanas atrás, pero fue ella y, ahora, parecía que el que estaba muy interesado era yo, al grado de aceptar un desayuno el domingo.

Por fin llegó el día. Temprano me dirigí al lugar donde habíamos quedado vernos antes de ir a desayunar. De camino, me percaté que todo pintaba mal porque me había citado en un centro comercial a la mitad entre su casa y la mía, si bien algún lugar estaría abierto, la mayor parte del centro comercial estaría cerrado por la hora y, además, era raro que me hubiera pedido vernos ahí en vez de pasar a su casa por ella; también, tal y como las cosas se habían dado, la posibilidad de sexo era muy baja, pero ya habíamos convenido la hora y el lugar, y era tarde para arrepentirme así que, como muchas otras veces, decidí seguir adelante a ver dónde terminábamos.

Ya dentro del centro comercial vi que sólo estaban abiertos un par de restaurantes y una de las cafeterías donde, condenado a la espera, pedí un doble expreso cortado y me senté a esperar. A las 10:15 am. ella no había llegado y pensé que tal vez me dejaría plantado, que seguramente había olvidado la cita o, peor aún, lo había hecho como una suerte de venganza porque cuando ella mostró interés yo la había ignorado. A las 10:30 am. no había llegado y, como siempre, comencé a elucubrar, ¿cómo había sido posible que cayera en semejante juego y, además, me dejara sorprender? Decidí que yo no era ningún imbécil, bueno, lo había decidido años antes, entonces, ratifiqué mi anterior decisión y me levanté del café para irme. Pero, en ese instante, me asaltó la duda ¿qué pasaría si ella llegara y yo no estoy? Sería una descortesía y, claro, no le podía llamar porque, en mi afán de hacerme el interesante y divertido, no le pedí que intercambiáramos números de teléfonos móviles. Pero, cuando estaba por decidir algo ella llegó y, al verla, quedé gratamente sorprendido porque era más alta de lo que yo había notado, con un cuerpo de bellas formas y, aunque estaba un poco molesto por la espera, pensé que mi paciencia podía ser recompensada.

Me saludó y se excusó explicándome que había pasado la noche en casa de su hermana, quien vivía cerca del centro comercial y que ella, sin medir mucho la distancia, había decidido llegar caminando porque había dejado su automóvil en casa. Entendí por qué me había citado en ese lugar y, además, que ella esperaba que yo, después del desayuno, la llevara. Fantástico, pensé, porque de regreso mediría la posibilidad de hacer algo más o, mejor, que ella lo hiciera. Caminamos a mi automóvil y, una vez en él, nos dirigimos al lugar que yo había elegido. Una vez que llegamos al restaurante, nos instalamos en la mesa y, entre los alimentos y bebidas, hablamos un poco sobre ella y lo que le gustaba hacer, también sobre de mí y lo que no me gustaba hacer. Sin embargo, me dejó muy en claro que no era el momento, así que, resignado, después de un par de horas, pedí la cuenta, salimos del restaurante, subimos a mi automóvil y me dirigí a su casa. En el camino, habló de lo que pensaba que era la felicidad y sus planes de tener una familia e hijos, lo que honestamente me molestó un poco porque pensé que, además de dejarme en claro que no habría sexo, me estaba torturando con un discurso evangelizador sin dejarme escuchar música, porque tan pronto se había subido a mi automóvil apagó el estéreo. Ya próximos a llegar, me pidió que nos detuviéramos en un parque, accedí y, sin que yo entendiera qué es lo que esperaba, después de veinte minutos de escucharla, pensando en averiguar si quería un poco de sexo, intenté besarla y, con una amable sonrisa, me rechazó. Finalmente, después del rechazo esperé un poco, para no verme muy mal, me disculpé y le dije que me tenía que ir. La llevé a su casa y regresé a la mía.

Al día siguiente, el teléfono de mi oficina sonó y al contestar sentí emoción cuando escuché que era ella, que llamaba para agradecerme el desayuno. Colgamos. Sin embargo, durante la conversación yo la había invitado el jueves a cenar y ella había aceptado. El jueves fue una historia similar, todo bien hasta llegar al momento del sexo. Pensé que estaba jugando conmigo y que, hiciera lo hiciera, no habría sexo, probablemente, el momento había pasado y ya no tenía interés en mí. Sin embargo, el jueves, mientras cenábamos, de alguna forma quedamos para que yo la acompañara a la boda de una de sus mejores amigas, que era en un mes. Yo acepté pensando que, durante ese tiempo, ella sería linda conmigo compensándome por tener que asistir a semejante evento, sin embargo, no fue así. Durante el mes, antes de la boda, fuimos al cine, a cenar, a comer, a desayunar y de copas con sus amigos y, en todas la veces, fue el mismo final, me rechazó amablemente. Yo, en ese instante, entendí que ella se las había ingeniado para que la invitara a salir y acompañara a la boda, sin que hiciera nada a cambio, lo que me molestó. Sin embargo, reconocí su habilidad para aprovechar las circunstancias y utilizarme, lo que me hizo sonreír, porque, de todas las cosas malas en la vida, ser utilizado por una mujer siempre es bueno. Decidí que iría a la boda con ella y, después de eso, me alejaría para siempre, recordándola como un ejemplo de cómo hacer que las demás personas hagan lo que quieres que hagan.

Finalmente, llegó el día de la boda. Pasé a su casa por ella y saludé a los padres que ya me conocían, una vez en el automóvil, de camino, entendí que la mujer que se casaba no era una de sus mejores amigas, era sólo una amiga que la había invitado a la boda y que ella no podía dejar de ir, claro, pensé, ¿cómo podría perderse la boda de una amiga? Que, evidentemente, en el caso de las mujeres, es cualquier persona que la invita a una celebración de matrimonio. Porque tengo que escribirlo, el tema del himeneo y, sobre todo, la fiesta, tiene una connotación que es determinante en la vida de las mujeres pero, en su mayoría, no es por el evento en sí, sino porque las demás personas hablarán de ello.

Ya instalados y al calor de la fiesta, la pareja de novios visitó, como dictan los cánones, cada una de las mesas para brindar. Una vez que llegó a la nuestra, la felicidad de la novia era evidente, parecía que más que un brindis ella exhibía a su presa, el mancebo que había decidido permanecer a su lado en las buenas y en las malas, al menos por un tiempo. Sin embargo, después de unas palabras y un brindis la novia, sonriendo, volteó hacía nosotros y, sin dejar de sonreír, nos preguntó —¿Ustedes para cuándo?

¡Si ni siquiera hemos tendido sexo y ya me la estaba enjaretando! —pensé realmente molesto—. Además, ¡la novia no me había visto en su vida! Seguramente me estaba confundiendo con el ex-novio, ¿cómo puede alguien, en el nombre de Dios, hacer preguntas tan desafortunadas? Vaya momento de incomodidad, de verdad que no atiné a responder nada y sólo dirigí una mirada de auxilio al novio quien, en ese momento, embelesado, no hizo nada y mantuvo la sonrisa de idiota todo el tiempo. Pasado el momento incómodo, fui al baño a refrescarme y, además, a jurar que eso se había terminado para siempre y que, después de la fiesta, la dejaría en su casa y no volveríamos a vernos jamás. Regresé a la mesa y, tan pronto me había sentado, ella me miró y me sonrió, yo sólo pude hacer una expresión inexpresiva porque no sabía lo que debía saber. En ese instante el grupo musical inició una canción y ella, como disparada por un resorte, me tomó de la mano y me arrastró a la pista y, una vez ahí, comenzamos a bailar al ritmo de la canción mientras yo, al escuchar la letra, suspiraba pensando que ojalá fuera cierto porque la vocalista, con mucha sensibilidad, cantaba *Qué bello* de Rudy La Scala.

La celebración terminó ya entrada la madrugada y, como era de suponerse, la llevé a casa y al llegar, después de bajarme para abrirle la puerta, la besé en la mejilla y me subí a mi automóvil mientras ella entraba a su casa. No consideré decirle que terminaba algo que no había empezado y que ese era el final, daba igual, final es eso, final, un proceso que termina independientemente del resultado. Afortunadamente, ella no había dado por terminado nada, en realidad, para ella, esa noche habíamos iniciado algo. Durante la semana, en la oficina, ella me buscó y, aunque yo, con el estoicismo que me caracteriza, intenté mantener distancia se las arregló para que el sábado, por la tarde, fuéramos al cine. Yo acepté porque honestamente no tenía un pretexto sólido para decirle que no, es decir, mi única razón para no verla era que ella no me había mostrado aprecio chupando mi pene, sin embargo, era innegable que ella me gustaba mucho, de otra forma no hubiera yo consentido en ser partícipe de semejante historia. Ella siempre se reía de mis ideas tontas y, además, coincidía conmigo en los lugares y platillos que a mí me gustaban, también, le gustaba ver las películas de terror que nadie más quería ver conmigo. En realidad, con el tiempo que pasamos juntos tuve la oportunidad de conocerla y que me gustara lo que conocí.

El sábado, de camino a su casa, manejaba con una nube de ideas en la cabeza. En realidad yo no sabía qué hacer, porque por un lado yo la disfrutaba mucho pero, por otro lado, ella parecía haber perdido el interés sexual en mí o, tal vez, en realidad jamás lo tuvo. Al llegar, toqué al timbre, ella salió y me invitó a entrar. Se veía bien, llevaba un top, una falda larga y sandalias que dejaban ver sus lindos dedos con las uñas pintadas de color borgoña. Una vez dentro, me invitó a sentarme y me ofreció algo de beber, yo pedí una cerveza, ella asintió y fue a la cocina.

Cuando comenzó a tardar más de lo normal para sacar una cerveza del refrigerador, pensé que era una trampa y que, en cualquier instante, se escucharía súbitamente el grito: ¡SORPRESA! al tiempo que, de la nada, aparecería toda su familia y amigos con pancartas anunciando nuestro compromiso, mientras yo recibía abrazos y apretones de mano de felicitación, porque ya, a esas alturas, esperaba todo menos sexo.

No fue así, después de unos minutos, salió de la cocina con un par de Coronas, me extendió una, se acomodó a mi lado en el sillón y, después de dar un sorbo a la botella, me dijo que la casa estaba sola. Debo confesar que me tomó algunos segundos entender lo que sucedía, porque supuestamente iríamos al cine, entonces, ¿qué, en el nombre de Dios, importaba si la casa estaba sola? Es decir, ¿pensaría que corría algún riesgo de un robo en su ausencia y me insinuaba que esperáramos a que los padres o su hermana regresaran? Porque, además, yo ya había verificado la cartelera y teníamos poco tiempo para llegar a ver una película de terror que me apetecía mucho. Entonces, con la perspicacia que me caracteriza, le pregunté, en un tono un poco amostazado, que cuánto tardaría alguien en volver. Ella me respondió que los padres estaban fuera por el fin de semana y que la hermana llegaría hasta más tarde.

¿No vamos ir al cine? —pensé—. Lo que terminó por molestarme porque yo podía soportar todo, absolutamente todo, menos que no llegáramos a tiempo para ver la película que había pensado que veríamos porque, para esa fecha, estaba en sus últimos días en cartelera, pero, cuando pensé en preguntarle qué haríamos entonces, descubrí en sus ojos un brillo que no había notado antes. Entonces, con la sagacidad que me caracteriza, llegó a mi mente la idea de aprovechar que sus padres no estaban pero, después de tantos rechazos, honestamente dudé; yo ya había considerado que el momento había pasado, que ella no quería sexo conmigo y, que todo este tiempo juntos, había forjado una amistad que yo no había pedido ni deseado, pero que ya teníamos. Sin embargo, en una segunda rápida reflexión, pensé en intentarlo porque su mirada, que yo no terminaba de descifrar, me quería decir algo sumado a que, descuidadamente, su mano ya estaba sobre mi muslo.

Después de laberínticas reflexiones, suponiendo que acumularía un rechazo más, intenté besarla y ella por fin aceptó. Entonces, sorprendido por el beso, dudé si debería intentar algo más, porque si me había llevado más de un mes llegar a un beso, el sexo oral lo tendría hasta dentro de unos seis meses, sin embargo, tampoco tenía nada más importante que hacer en ese momento y al cine podíamos ir cualquier otro día, aunado a que su beso, ya sea por el tiempo de espera o porque ella me gustaba, había logrado en mi mucha excitación, así que la tomé por la cintura mientras continué besándola y ella cooperó, mostrándome que lo deseaba. Comencé a levantarle la falda que llevaba e intente usar mis dedos para excitarla, pero ella me rechazó gentilmente. Debo confesar que con el tiempo me hice más de plato fuerte y nada más, prefiriendo evitar los aperitivos y atacar lo antes posible, pero no a todas las chicas les gusta eso, la primera vez por lo menos. Decidí, entonces, cambiar de táctica y, estando sentados sobre el sillón, sin dejar de besarla, con mis dedos retiré gentilmente uno de los tirantes del top y, despacio, levanté el sostén y comencé a lamerle el pezón descubierto, sin que ella ofreciera resistencia, al tiempo que moví mi mano para ubicarla por la parte de atrás del cuello sobándolo suavemente, mientras que con mi mano libre busqué la suya y me la acomodé sobre el pene, ella aceptó y comenzó a moverla haciendo una suerte de círculos, que no provocaban mucho placer pero le permitieron notar mi excitación.

Después de juguetear con su pezón, levanté el top, bajé al ombligo e introduje mi lengua, luego, habiendo levantado la falda con la mano, moví la cabeza a sus muslos comencé a pasar mi lengua por uno de ellos con dirección a su vagina, ella, me hizo notar deseo cuando me tomó por el pelo y entrelazando sus dedos, lamí con la punta el otro muslo en su pared interna, llegué a su sexo, aún cubierto por la braga, y pasé mi lengua percibiendo la humedad, entonces, me hinqué frente a ella y con mis manos retiré suavemente sus bragas para entonces comenzar a lamer su vagina, luego introduje mis manos por debajo de sus nalgas y, apoyando mis codos en el sofá, la levanté un poco para poder aplicar más intensidad, ella gimió, yo continué lamiendo y presionando con mi lengua el clítoris, hasta que ella comenzó a moverse con mayor excitación.

—Ven, —me dijo después de un par de minutos, jalándome de la camisa hacia arriba, yo accedí y, ya encima de ella, la besé mientras que con una mano me desabrochaba el pantalón, al tiempo que ella, torpemente, me ayudaba.

— ¿Tienes con qué...?

¡Qué divertido! —pensé— ¿No habrá sentido mi pene cuando me lo sobaba?

— Sí, en la cartera —le respondí—. Entonces, me detuve para buscarla y sacarla del pantalón, me senté nuevamente a su lado y comencé a sacar el condón de la cartera y luego éste del envase, mientras ella me tomó el pene y comenzó a mover su mano a lo largo mientras lo miraba un poco de soslayo, yo, viendo que le daba un poco de vergüenza, amablemente, con mi mano, empujé, suavemente, su cabeza con dirección a mi pene para que lo chupara un poco, antes de ponerme el preservativo, ella accedió y, al tiempo que se aproximaba gentilmente, abría la boca hasta que, finalmente, después de semanas de espera y gracias a mi paciencia, logré ver cómo introducía el glande, cerraba sus labios en él y lo chupaba. Después lo sacó de su boca y con la lengua lo lamió de abajo hacia arriba un par de veces, acto seguido, sosteniéndolo con la mano, lo metió una vez más en su boca dejándolo entrar como a la mitad, luego, lo sacó un poco y lo volvió a meter, movimiento que repitió durante unos segundos, despacio pero ejerciendo suficiente presión con los labios, para después detenerse y succionar mi glande con sorprendente pericia.

Mientras yo la miraba, sentía mucho placer pero tuve que

detenerla, porque lo hacía tan bien y yo lo había deseado tanto que me podía hacer llegar al orgasmo y, como quería volver a estar con ella, tenía que asegurarme de satisfacerla completamente, entonces, con todo el dolor de mi corazón, después de separarla, me puse el condón, me acomodé sobre ella y se la empecé a meter, suave y sólo un poco al principio, mirando su cara de placer y vergüenza porque era la primera vez que estábamos juntos en la intimidad, después fui presionando hasta llegar al fondo, juntando mi pelvis contra la de ella, sin dejar la posibilidad que pasara la luz entre nuestros sexos, una vez que había llegado a ese punto comencé a moverme atrás y adelante, primero despacio y luego con fuerza, sin embargo, como era de esperar, después de un largo rato, logré cierta excitación pero no llegaríamos al clímax, entonces, solté sus piernas, que tenía sujetas con mis antebrazos para lograr mayor penetración, nos acomodamos a lo largo del sillón y, estando yo sobre de ella, me rodeó con las piernas por debajo de mi cintura, atorando sus talones contra mis pantorrillas, y comenzó a mover sus manos por mi espalda, por debajo de mi camisa, yo le apretaba un pezón, con los dedos de una mano, mientras que la otra la apoyaba contra el suelo para no caernos, al tiempo que con la lengua busqué sus orejas. En esa posición perdí profundidad en la penetración, pero comencé a ejercer mayor fuerza de forma constante sobre el clítoris, lo que provocó en ella mayor excitación, llevándonos a sincronizar nuestros movimientos y mientras yo hacía presión y soltaba, ella, al mismo tiempo empujaba hacia mí, luego, me sujetó por las nalgas, comenzó a gemir, en vez de jadear, y me apretó con mayor intensidad al tiempo que yo sostenía mi pelvis con la mayor fuerza posible contra ella y, en ese instante, emitió un gemido corto y luego uno prolongado que se fue extinguiendo. Había llegado. Yo continué moviéndome suavemente durante un par de minutos hasta que terminó su último espasmo, después, la abracé, besé su mejilla y, sin quererlo, derramé una gota de sudor sobre ella porque el esfuerzo físico, además del calor de la tarde, nos habían dejado empapados. Permanecimos así, enmarañados parcialmente, sobre el sillón de casa sus padres por un minuto que pareció un eternidad. Después, se incorporó y me dijo que nos teníamos que ir porque su hermana podía regresar anticipadamente, al mismo tiempo que comenzó a arreglarse la ropa.

Con un poco de vergüenza, pero menos que las ganas, le insinué que no había terminado y pregunté si me podía ayudar, ella me miró y, con voz conspicua, dijo: ¿Qué quieres que te haga? La amé, de verdad que es fácil enamorarse de alguien así. La siguiente escena era yo de pie, con los pantalones por debajo de la pantorrilla, sosteniendo con una mano mi camisa y con la otra su cabello, mientras que ella, sentada en el sillón, con una mano en mis nalgas y con la otra sujetando mi pene al tiempo que lo recorría con sus labios, moviendo hacia atrás y adelante su cabeza durante unos minutos, para después concentrarse en el glande absorbiéndolo, entonces, yo, sintiendo un intenso placer, eyaculé en su boca. Todo. Cuando ya había yo terminado, ella se separó y me indicó el camino al baño. Al salir, ya había acomodado el sillón y los cojines, que con el vaivén se habían movido, y se había pintado los labios, esos labios carnosos que hacía unos minutos me habían dado tanto placer.

Durante un tiempo salí con ella y, por extraño que parezca, intenté tener una relación estable pero fracasé. Ella era simpática y me gustaba, también me proporcionaba mucho placer con su boca y yo, posiblemente, necesitaba un período de calma en la incesante búsqueda de mí mismo. El problema fue que, ella, muy pronto, decidió presionar con el asunto del matrimonio y, al ver una reacción negativa de mi parte, reconociendo que yo no quería dar rápidamente el paso a la eternidad, al poco tiempo que decidió que lo nuestro había terminado y, previa notificación de su parte, comenzó a salir con alguien que parecía mucho más ávido de la aventura extrema del matrimonio.

Ella me dejó un aprendizaje importante. Durante un tiempo fue paciente y construyó una relación entre nosotros y, de una u otra forma, llegamos a donde yo quería pero de la forma en que ella decidió que sucediera. Sin embargo, una vez ahí pensó que dominaba e intentó reducir el tiempo de espera para el siguiente nivel y eso, evidentemente, me hizo despertar del sueño en que ella me había hecho dormir; ¿qué prisa llevaba? Si ella hubiera sido paciente muy probablemente hubiéramos trascendido, pero la desesperación hace parecer que los meses son eternos y, finalmente, termina por destruir cualquier posibilidad en el futuro. Con la práctica aprendes que, para ser un experto en las artes del amor, lo primero es administrar el tiempo, esperando el momento porque, como escribió Françoise Sagan, el momento es el momento, ni antes, ni después.

Combinando sabores

Los ingredientes, gracias a la globalización y medios de comunicación, en general, son los mismos en muchas latitudes. Lo que cambia es la calidad y, sobre todo, sus usos. Lo que lleva a un chef a mezclar, combinar y eliminar, de las diferentes recetas, los ingredientes según considere que es necesario para lograr, en el mejor de los escenarios, experiencias culinarias que hagan felices a los comensales y, desde luego, que generen mayores ingresos. Sin embargo, el mejor parámetro para saber si ha logrado el objetivo, no es lo que los clientes dicen, es lo que los clientes hacen. Si los comensales regresan y, además, lo recomiendan, significa que lo ha logrado. De lo contrario, no. Lo mismo sucede en la conquista, el hombre vive en un engaño si piensa que lo que una mujer le dice es verdad, porque ella, con tal de obtener lo que quiere, sexo o sólo jugar con las ilusiones del mancebo, hará y dirá lo necesario para lograr su objetivo. Ideas de que el dinero, la labia y el físico son elementos importantes en el proceso de conquista son correctas, pero no en el sentido que el hombre le da. Es la mujer quien decide si habrá de ser alguna combinación de estos elementos, todos o ninguno los que al final la lleven a la cama, haciendo del hombre víctima de una intrincada red de artilugios, para hacer con él lo que ella considera que es necesario. La frase que dice que la mujer atrae al hombre que ama y el hombre ama a la mujer que lo atrae, es el resumen de la conquista por antonomasia, en la que la única forma de saber si se ha tenido éxito es que ella, después de la primera vez, decida que habrá una segunda ocasión.

A esta chica la conocí sin planearlo, sin embargo, debo confesar que nunca logré saber si para ella yo fui de sus últimos o de sus primeros, que jamás entendí porque me escogió a mí y que no llegué a conocer las razones que la llevaron a estar conmigo en la cama y tener mi pene en su boca, siendo que ella tenía novio, era de nivel socioeconómico alto, era atractiva y, además, más joven que yo. Sin darme cuenta cómo, al poco tiempo de hablarnos, fuimos a comer y fue algo fantástico porque ella era una delicia, su forma de hablar y de mirarme me hacían sentir muy cómodo en su compañía, así que comencé a invitarla con cierta frecuencia, cobijados en el horario de oficina y que, normalmente, teníamos asuntos de trabajo que comentar, sin embargo, aunque ella me gustaba y yo ya me había imaginado usando su boca, nunca pensé que trascendería más allá de una compañera de trabajo, hasta que, una noche, al salir tarde de la oficina, coincidimos en el elevador y, curiosamente, ambos iríamos a casa, así que decidí invitarla a tomar algo y ella aceptó. Fuimos a un bar cercano a la oficina y, una vez dentro, pedimos sendas bebidas espirituosas, lo que seguimos haciendo hasta que comenzamos a tocarnos las manos y, sin saber muy bien en que momento, estábamos besándonos a morir al tiempo que en el sonido del bar se escuchaba *Crush* de Paul Van Dyk.

Entonces, habiendo enviado un SMS a mi novia, pidiéndole

que no esperara mi llamada porque llegaría tarde a casa, como consecuencia de un imprevisto relacionado con mi trabajo, envalentonado por las bebidas espirituosas, pero aún con un poco de timidez, le dije que fuéramos a otro lado, ella, divertida, sonriendo, me preguntó que a dónde quería yo que fuéramos. Me tomó por sorpresa. ¿Por qué las mujeres son así? ¿qué diferencia, en el nombre de Dios, hacía que le dijera un lugar específico? ¿por qué hacerme pasar por semejante apuro? Evidentemente ella sabía lo que yo quería que hiciéramos, pero seguramente no quería dejar pasar la oportunidad de ver a un hombre atractivo, inteligente, seguro de sí mismo y mayor que ella invadido por la vergüenza, que él juraba perdida hace años, exacerbada por la diferencia de ocho años de edad y, además, considerando que en ese momento ya había demostrado interés y deseo. Así que, haciendo acopio del pundonor que siempre me ha caracterizado, la miré y, finalmente, en un tono que parecía más que esperaba una reprimenda que una aceptación, dije: a un hotel. Ella rió. Rió de tal forma que en ese instante fui suyo, tanto como ella sería mía un poco más tarde.

—Tengo poco tiempo, ¿no importa? —dijo, después de besarme sonriendo.

¿Cómo me va importar? —pensé—, si sólo quiero tener sexo, no que nos quedemos de vacaciones. Pagué la cuenta del bar y luego rápidamente conduje hacia el hotel —no se fuera a arrepentir—. Una vez dentro de la habitación, nos sentamos en la orilla de la cama y, por un segundo, pude ver, en sus 25 años, un destello de vergüenza y temor, bueno, al menos un destello. Después de admirar su belleza, me aproximé para besarla con suavidad y ternura, luego, comencé a introducir tímidamente mi lengua en su boca, al tiempo que, lentamente, llevé mi mano hasta su pantalón, lo desabroché con habilidad, la introduje dentro de la pretina y, luego, de las bragas, donde sentí su tersa vellosidad y, después, la vagina caliente y húmeda, que estando más mojada de lo que esperaba, facilitó que introdujera mi dedo índice en ella y, mientras lo movía hacia atrás y adelante, la tomé por el cuello con la otra mano, la recosté sobre la cama y la besé al tiempo que seguía moviendo mi dedo en sus interiores, después de un poco, usando ambas manos, le quité los zapatos, el pantalón y las bragas, separé sus rodillas, que había flexionado para facilitar que le quitara la ropa, miré el monte de Venus y, entonces, levanté, con una de mis manos una de sus delgadas piernas y la recorrí con la punta de lengua, desde la rodilla hasta el pie y, una vez en él, pasé mi lengua por empeine y, luego, entre los dedos, luego, regresé pasando mi lengua por el tobillo y, después, la pantorrilla siguiendo por la parte interna del muslo hasta la vagina y, una vez ahí, comencé a lamer sus labios mayores primero y, luego, los menores, incrementando la fuerza aplicada con mi lengua poco a poco, al tiempo que con mi pulgar le estimulaba suavemente el clítoris, ella daba muestras de placer moviendo su cuerpo y emitiendo suaves gemidos, haciéndome notar que disfrutaba sobremanera del sexo oral y, entonces, comenzó a quejarse con mayor fuerza hasta que sus gemidos explotaron en un orgasmo. Una vez que concluyó, considerando su edad y su comentario sobre que tendríamos poco tiempo, sumado a mi excitación, decidí no darle reposo y me puse de pie para quitarme la camisa y el pantalón, ella se incorporó y comenzó a ayudarme, lo que yo aproveché para que me lo chupara un poco, poniendo mi mano por detrás de su cabeza y empujándola suavemente hacia mi pene al tiempo que con mi otra mano busqué la suya y me la puse en las nalgas, entonces ella, amablemente, abrió la boca y permitió que mi pene entrara en ella, en ese instante volteé al espejo y la escena era preciosa, ella sentada en la orilla de la cama dándome placer. Aunque sólo era la escena porque ella mostró poca pericia y pasión al hacerlo, porque hay que escribir que algunas mujeres no han chupado muchos penes o no termina de parecerles una idea interesante, entonces no abren lo suficiente la boca cuando lo tienen dentro y se les atora el glande con los dientes al momento de entrar y salir, haciendo el proceso menos satisfactorio.

Listo como soy, me percaté que sería complicado que eyaculara en su boca porque, la técnica que ella mostraba, dejaba mucho que desear, así que decidí dejar mi placer para el final, la tomé por el hombro y, suavemente, la separé de mi pene, ella se quitó la blusa junto con el sostén y se recostó, mientras yo me ponía el condón, entonces, lentamente, me acomodé sobre ella y con mis piernas separé las suyas y, al tiempo que la besaba, comencé a metérselo, aprovechando que el nivel de lubricación de su vagina era elevado, una vez dentro empecé a moverme suavemente, luego la tomé por la cabeza apoyando mis codos y mis rodillas sobre la cama y comencé a moverme más rápido, tratando de llevarla al mayor placer posible, sin embargo, aunque noté que se excitó y tuvo algunos espasmos, pronto comenzó a darme muestras de incomodidad, entonces le pregunté si quería descansar y ella me dijo que sí. Me acomodé a su lado, la cubrí un poco y hablamos cosas sin importancia, de su novio, por ejemplo.

Después de un poco de conversación, arremetió contra mí besándome e insinuándome sus pechos, yo atrapé un pezón entre mi pulgar y dedo índice, al tiempo que mordía suavemente el otro, luego ella se acomodó sobre de mí y, con más deseo que habilidad, ayudó a mi pene a entrar en su vagina y, entonces, comenzó a moverse hacia arriba y abajo mientras yo mantenía apretados ambos pezones con mis dedos, después de un poco de tiempo así, ella comenzó a dar acuse de cansancio, entonces, yo la tomé por la cintura y suavemente la moví para que quedará junto a mi, me incorporé, le di la vuelta, la puse a gatas, me acomodé detrás de ella y situé mi pene en el umbral de su vagina, para inmediatamente empujar hasta metérselo lo más dentro posible, una vez así, bien ajustados, la tomé por la cadera y comencé a moverla, ella rápidamente comenzó a gemir y moverse a mi ritmo hasta que logramos lo que pareció un orgasmo. Mientras ella se relajaba, con mi pene dentro, tomé una decisión relevante sobre el futuro inmediato. Dado que el sexo oral parecía no gustarle o no tener pericia suficiente, yo eyacularía por otro medio. Dejé caer un poco de saliva entre sus nalgas, que utilicé para introducir mi pulgar con mayor facilidad en su ano y, una vez dentro, comencé a moverlo suavemente, luego, saqué mi pene de su vagina, retiré mi pulgar, acomodé mi glande sobre el ano y comencé a empujar con firmeza hasta que logré entrar un poco, ella gemía en señal de aprobación, por lo que seguí empujando hasta que sentí sus nalgas sobre mi pelvis, en ese momento comencé a moverme suavemente notando que ella correspondía el movimiento, luego, moví una de mis manos hacía su vagina y con mi dedo índice comencé a sobar su clítoris, mientras acomodaba la otra mano sobre su hombro, para inmediatamente moverme atrás y adelante sintiendo un enorme placer, entonces, mire sus pies apoyados en los deditos exhibiendo los talones, luego miré en el espejo nuestros cuerpos, ella a gatas mientras yo se la metía por atrás y, en ese momento, escuchando sus jadeos, eyaculé. Una vez vaciado todo, se lo saqué y con cuidado me quité el condón, ella simplemente se dejó caer sobre la cama. Yo, me acomodé junto a ella y la abracé. Pasaron unos 20 minutos, se incorporó y sonriendo me dijo que ya nos teníamos que ir, se levantó y fue al baño. Salió, yo hice lo propio, salimos del lugar y la llevé a recoger su automóvil, que se había quedado cerca del bar donde habíamos estado unas horas antes.

Durante un tiempo ella me dio mucho placer porque, cobijados en la necesidad del trabajo, encontramos espacios para vernos sin que nadie lo sospechara. Desafortunadamente, por razones ajenas mi voluntad, después de un tiempo, terminó la relación con su novio, lo que, evidentemente, complicaba mucho la situación entre ella y yo porque, sin tener una idea clara de la razón, esta bella y joven mujer parecía estar contenta conmigo pero, como muchas otras chicas de su edad, pensaba en el matrimonio como el pináculo de cualquier vida profesional exitosa. Yo, como es de imaginarse, pensaba en que tenía muchas cosas por hacer en la vida, lo que me obligaba a viajar ligero para poder avanzar más rápido, es decir, no pensaba en casarme. Al poco tiempo, yo renuncié a mi trabajo, para emprender una nueva aventura y, tristemente, eso me sirvió de pretexto para alejarme de ella sin aparentar que lo estaba haciendo.

Al paso de los meses, que tuve un periodo de soledad, me recriminé el no haber intentado mantener el contacto. Sin embargo, la soledad acompañada de sus recuerdos, me llevó a reflexionar que con ella aprendí que las mujeres escogen a quién querer, sin tomar en cuenta, muchas veces, la combinación de elementos que los hombres creemos que usan. Tal vez, a veces, es sólo curiosidad. Sin embargo, las razones de la mujer no son importantes, lo que importa es que las haya tenido, es decir, toma lo que de ten cuando te lo den, porque no sabes cuándo te vuelvan a dar.

El primer día de un chef

No existe un restaurante en el mundo que se promocione, de ninguna forma, diciendo que ese día, que has decidido ir a comer, es el primer día del chef que habrá de cocinar para ti. Sin duda, la gente saldría de inmediato o, por lo menos, cuestionarían el precio o pedirían alguna suerte de garantía.

Todo lo contrario sucede con la virginidad, porque todavía podemos encontrar hombres que esperan que su novia y futura esposa sea virgen. ¿Cómo alguien puede pedir virginidad cuando no es casto? O, peor aún, ¿qué placer le puede encontrar? Sí, la virginidad es como un sello de garantía, pero lo que conlleva es poco interesante, es decir, probablemente ella llorará, todo será despacio, con la luz apagada, debajo de las sábanas, lleno de interrupciones y limitaciones porque la primera vez de algo, es eso, la primera vez. Sin embargo, la idea de llegar virgen al matrimonio sigue, tristemente, existiendo. Recuerdo en la boda de un amigo mío que al hacer el brindis dijo: "...agradezco a todas las personas que han formado parte de la vida de mi esposa, pues ellos hicieron de ella la persona que yo amo hoy". La vida es el resultado de lo que se ha compartido con muchas otras personas y, al final del día, descubres que todo lo que eres, bueno o malo, se lo debes a los demás. Pues lo mismo sucede con el sexo, la pericia y la experiencia son cualidades necesarias para ser feliz y hacer feliz, pero la única forma de conseguirlas es compartiendo la cama y entre más veces mejor.

Mi bisabuela, mi abuelo, mi abuela, mi padre, mi madre y el hermano de mi padre fueron profesores así que, siguiendo la tradición familiar, un día fui reclutado para ejercer tan noble oficio gracias a la recomendación de un amigo mío. Me pareció muy interesante, porque sería una actividad adicional a mi trabajo como director de área en un corporativo y, además de tener un ingreso extra, era algo que realmente deseaba hacer. Durante mis estudios de posgrado, mi mentora y gran amor platónico, me dijo en varias ocasiones que yo debería dar clases, eso junto con mi atavismo de la docencia, me llevó a aceptar sintiendo mucha emoción por realizar algo para lo que, según yo, estaba preparado. Como siempre, no tenía la más remota idea de que esa decisión me llevaría a un universo completamente diferente al que imaginé.

Esta joven mujer fue mi alumna. Eran clases de posgrado así que la mayoría ya trabajaba y, en algunos casos, la posición laboral ya era jerarquía relevante. Siendo inexperto en la docencia, decidí utilizar Messenger como un sistema de comunicación abierta con mis educandos, para poder interactuar con ellos, resolver dudas y crear mi primera comunidad del conocimiento. Todo fue de maravilla y, al término del ciclo escolar, mantuve los contactos, recibiendo dudas y saludos durante algún tiempo, pero todos fueron desapareciendo. Todos menos menos ella. Después de casi dos meses de haberle dado clases, me seguía escribiendo, sin embargo, todas eran cosas sin mayor relevancia hasta que un día, después de saludarme, me escribió que había puesto muy poca atención en mis clases, yo, ingenuo como soy y, sobre todo, curioso, le pregunté el porqué. Ella respondió que porque yo tenía unos ojos preciosos y no se había podido concentrar. Durante unos segundos no supe cómo actuar, pensé que tal vez fuera obra de algún compañero que usaba su computadora y que, sabiendo que yo era su profesor, decidió hacerla víctima de una broma de mal gusto. Sin embargo, como no escribía nada más, decidí responderle un simple gracias, a lo que ella insistió preguntando si había estado mal escribirlo y que lo había querido decir tiempo atrás, pero que le daba vergüenza. Yo le escribí que no se preocupara, que estaba bien y que era lindo de su parte decírmelo. Pero ella, que ya había dado el primer paso, inició un regateo a través de Messenger en el que fuimos desde el color de mis ojos y un sinnúmero cualidades, que ella aseguraba que yo tenía, hasta preguntarse por qué ella no me gustaba, yo, por mi parte, intenté resistir estoicamente los embates, porque sabía que estaba mal y que, aunque ya no era su profesor y la calificación estaba dada, a las escuelas normalmente no les gustan este tipo de cosas.

Ella continuó escribiéndome que me diera una oportunidad para conocerla, que me ofrecía algo súper lindo, que cómo era posible que yo rechazara algo que ni siquiera había probado, que ella era una mujer que valía mucho la pena y que podía ofrecer muchas cosas. ¿Cómo alguien puede asegurar que lo que tiene es especial y que le gustará al otro? O peor aún, ¿qué, en el nombre de Dios, la llevó a pensar que yo podía ofrecerle algo especial? Es decir, ella construyó una relación, en su imaginación, donde yo era de una forma que a ella le gustaba y ella era lo que yo necesitaba. Lo que es bueno para mí, lo es para todos y, caso contrario, lo que es malo para mí debe serlo para los que me rodean. Las personas actuamos así.

Después de muchas líneas de conversación, nos despedimos porque ya era tarde y me moría de hambre. Al día siguiente, me escribió temprano para decirme que me quería hacer una pregunta directa y que quería una respuesta de igual forma, yo distraído por el trabajo le respondí que sí. La pregunta era qué significaba ella para mí. Me detuve unos segundos a reflexionar, sobre lo que estaba pasando. Desde el día anterior, me quedé con la imagen de ella en la mente porque era una mujer atractiva, yo debería tener máximo cinco años más que ella, además ella era un adulto, joven, pero adulto y ya habíamos terminado la relación profesional, así, la noche anterior, mientras mi novia en turno me hacía sexo oral, había decidido que si insistía nuevamente le propondría sexo. Miré el teclado y decidí escribir, bajo la protección que brinda el mensajero instantáneo, la palabra sexo. Debo confesar que, después de hacerlo, me arrepentí y sentí mucha vergüenza, entonces, instintivamente apagué mi computadora, sin haber guardado mi trabajo primero. Sin embargo, además de tener que volver a trabajar pensé que era importante saber si ella aceptaría.

Una vez conectado de nuevo, me llegó su respuesta manifestando sorpresa y luego, con mayúsculas, escribió que cómo era posible que yo la viera sólo para eso, que ella me ofrecía algo súper bien, pero yo la despreciaba y sólo pensaba en acostarme. Total, yo era el malo de la historia. Me quería morir, pensé que me armaría un escándalo en la escuela y se lo diría a todo mundo, me imaginé en la portada de los diarios: Tonto profesor intenta seducir a una bella estudiante. Peor aún, después de que se calmó y que me repitió, otra vez, que cómo era posible que ella ofreciera algo tan bueno y yo la rechazara, me escribió que era virgen. La soga al cuello. ¿Cómo que virgen? —pensé—, eso ya no existe y, mientras mi voz interior me gritaba que estaba mintiendo, para hacerme sentir mal, le pregunté su edad. Siempre cuando algo sale mal, puede salir peor. ¿Qué hace, en el nombre de Dios, una joven de tan corta edad en un posgrado? No lo aprovecharía, es ridículo. Era mayor de edad, pero menor de lo pensado, no podía dudar de que fuera casta, de verdad que de verla nadie lo creería porque, alta, delgada, bien vestida y maquillada, engañaría al mismo demonio. Le escribí que yo todo lo que buscaba era sexo y que ella tenía algo valioso, que se merecía alguien especial, que algún día me agradecería que yo ahora la rechazara porque yo no buscaba una pareja, sólo quería acostarme.

Ella regresó a la carga insistiendo en que no todo era sexo, que había otras cosas que ella podía ofrecerme, por ejemplo, compañía, ser siempre un apoyo para mí y que yo no necesitaría nada más. ¿Por qué el destino es tan malo conmigo? —pensé—, yo lo que quería era tener sexo, oral de preferencia, y ella quería que yo fuera su, ¿qué? ¿Su novio? Yo ya tenía una novia y, además, mi ex-alumna ofrecía una relación con todo lo que ella quería pero nada de lo que yo necesitaba. Finalmente, decidí invitarla a comer con dos fines, el primero, que no estuviera enojada conmigo y desencadenara algo complicado en la escuela; el segundo, que dejara de quitarme el tiempo en el trabajo. Antes de decirle dónde, pensé con calma el lugar. Tenía que estar cerca de donde ella trabajaba y, además, algo que la hiciera sentir incómoda y un poco decepcionada, pero ni molesta ni ofendida. Así que decidí un lugar para gente grande, donde no pudiéramos lograr intimidad y, de esa forma, aprovechar yo para rechazarla definitiva pero cordialmente.

Pasé por ella a su oficina y nos dirigimos al lugar, un restaurante que si bien era elegante y de muy buena comida, era lejos a lo que una chica de su edad esperaría para estar con el amor de su vida. Me decidí por ese sitio porque yo lo había visitado varias veces y, por cuestiones de trabajo, conocía a la propietaria quien era una reputada Chef. Todo salió mal. Llegamos al lugar y al bajarnos del automóvil me dijo que se moría por ir ahí, pensé que me estaba mintiendo por hacerme sentir bien, pero mencionó el nombre de la famosa chef propietaria del lugar. Al entrar, la dueña y chef del restaurante, conocida por un programa de televisión, estaba en la recepción y, al verme, sonrió llamándome por mi nombre, luego, nos saludó a ambos de beso y ofreció la mesa más romántica, dicho por ella misma, lo que llevó a esta doncella a casi ofrecerme su virginidad en ese momento. Yo no atiné a decir nada cuando nos ofrecieron la mesa, porque rápidamente nos llevaron y el mesero nos comenzó a atender, dándonos un trato como si yo fuera el más cáustico de los críticos de restaurantes de este país. Durante las casi dos horas, todo fue perfecto, el mesero fue encantador con ella y conmigo gastó algunas bromas, la comida toda espectacular, el vino fue adecuado, el postre, que yo no acostumbro, estaba delicioso y, al final, yo terminé por disfrutar tanto o más que ella del momento. Imposible negar que ella era una delicia, linda, bien vestida, conducta apropiada, con ideas sólidas para alguien de su edad ¿Cómo podría no disfrutarla? Mi plan consistía en que se aburriera un poco, que toda la comida fuera explicarle por qué no podíamos ser pareja y que entendiera que ella merecía alguien mejor. Sin embargo, una vez sentados y, sin haberlo planeado, llenos de atenciones y manjares, fui olvidando que la razón de estar ahí era todo menos divertirnos.

Finalmente, durante el café, descubrí que la parte del escándalo no existía, pero que por desgracia el evento había hecho que ella deseara más salir conmigo porque se impresionó por el lugar, el momento y el trato que recibió estando conmigo, es decir, me puse la soga al cuello y pateé la silla. Yo quería que entendiera que yo era más grande y que no sería divertido salir con alguien como yo y que, lejos de ser rechazada, ella debería sentirse bien de que jamás sucedió algo entre nosotros, olvidándome después de un tiempo; pero todo salió al revés. Así que, al pedir la cuenta, le dije que de camino a dejarla le diría por qué no podía ser su novio. Salimos del lugar, llegó al automóvil y, una vez dentro de él, me miró y yo le dije que yo tenía novia y que estaba próximo a casarme. Le dolió. Conduje hasta su oficina y, al llegar, ella balbuceó un adiós y se bajó, mientras en la radio del automóvil se escuchaba *Precious* de Depeche Mode.

Los días siguientes no la vi conectada en Messenger, lo que me hizo pensar que me había bloqueado o eliminado. Al paso del tiempo, dejé de pensar en ella, hasta que, varios meses después, a través de una solicitud de amistad, la descubrí en Facebook y, no pudiendo resistir la tentación, entré a su perfil que dejaba ver poco pero lo suficiente para enterarme de que estaba comprometida en matrimonio. Nunca sabré si, para su actual marido, el mayor activo que esta mujer tenía era su virginidad, honestamente pienso que no pero eso jamás lo sabré... salvo que yo sé que nada dura para siempre y, también, que ella ya no es virgen, entonces, si logro retomar el contacto, tal vez, con el tiempo, podríamos tener algo de que hablar.

Cerrar el lugar

Ningún chef inicia las operaciones de un restaurante pensando que un día, por la razón que sea, terminará. La noticia de que Ferran Adrià cerraba el Bulli, el mítico restaurante, me ocasionó una profunda tristeza, porque era mi mejor ejemplo de creatividad y, además, porque no tuve oportunidad de visitarlo. La distancia física, el tiempo que representaba el viaje, tener que reservar con más de un año de anticipación y, evidentemente, el precio, lograron que yo nunca lo lograra. Pero, al cerrar, me ha hecho pensar que nadie inicia nada importante pensando en el final, pensando que un día, sea lo que sea, dejará de ser, pero, desafortunadamente, la vida de los humanos es así, todo inicia y termina, lo que importa es lo que recuerdas porque, bueno o malo, siempre lo llevas contigo. Y es que, mientras disfrutas el éxito y la felicidad, siempre existe un día que lo vives como si todo fuera a ser eterno y, después del tiempo, es el que guardas en los bolsillos del corazón. Así, en el amor, no inicias una relación pensando en que terminará y, el día menos esperado, uno de los dos decidirá que todo ha llegado a su fin como consecuencia de los errores cometidos, uno o muchos, da igual. Porque los errores son eso, errores, fracturas en la continuidad de la felicidad que los humanos a veces valoramos más que los aciertos o, en el caso del amor, que el sexo que tuvimos con esa persona que amamos.

En el eterno intento de tener sexo de la forma más fácil posible, me encontraba en un restaurante, diciendo tantas tonterías como se me ocurrieran en el momento, con tal de conseguir que el sabor de la semana aceptara acostarse conmigo o, mejor aún, me hiciera sexo oral de camino a dejarla, porque honestamente prefiero que sea en el automóvil, porque así aprovechamos el tiempo y puedo llegar antes a casa para dormir. De pronto, en algún momento, a punto de terminar el tercer tiempo, fui sorprendido por esa sensación extraña que nos hace voltear, esa vibración de segundos, de milésimas, que nos hace mover la cabeza, ubicando la mirada en la dirección correcta sin cometer errores. Cuando sucedió, volteé y nos encontramos de frente, nuestras miradas chocaron y, entonces, me vi invadido por la fugaz alegría del encuentro con el más hermoso de mis recuerdos, al mismo tiempo que sentí un sempiterno reproche.

La escena era la misma de siempre: yo, en un restaurante de la misma zona de siempre, con una mujer, haciéndome notorio de la forma que acostumbro, pero guardando la máxima compostura hasta el momento ideal de atacar. Me imaginé lo que pensó —No ha cambiado en nada. ¡Qué dolor!—. Ella, en cambio, se veía poderosa, llena de vida y seguridad, con la belleza que siempre la caracterizó y su mal gusto para vestir, porque hay que decirlo, era tan linda que casi no se notaba lo mal que vestía. Pero lo hacía fatal. Después de un instante ella regresó la mirada a su acompañante y se lo saboreó, lo juro, lo miró como una niña que mira el postre que tendrá si se come toda la cena. Para mí fue doloroso porque ella no me saludó y, después de ese instante que me vio, no volvió a mirarme una vez más en toda la noche. Yo, en cambio, no le quité la vista de encima, porque al verla, una avalancha de recuerdos y emociones llegaban a mi mente, sus palabras, su risa, su cuerpo y su boca. Ella llenó mi vida, mis espacios y mi corazón tan rápido que yo fui suyo desde el día que la conocí, pero eso fue tan intenso y hermoso que me aterré, porque quien ha vivido entre las sombras se aterra al conocer la luz. No pude soportar la viril idea de la dependencia de esa gran mujer, de vivir pensando febrilmente en estar juntos en la cama todo el tiempo para después, fatigado, dormir en sus brazos y, finalmente, descansar. Ella rompía mi lógica lineal, mi estructura binaria, a la que todo ser humano es sometido en el mundo occidental: algo es o no es, pero no puede ser ambos en el mismo momento, las cosas son o no son, yo era el dueño de la situación o no lo era, no podía aceptar la idea de que yo era gracias a ella.

Los eventos, como siempre suceden en el corto horizonte de la vida de un humano, fueron muy rápidos. Nos conocimos y al poco tiempo de gustarnos nos besamos. Desde el primer beso coincidimos como si lo hubiéramos ensayado mil veces, haciéndome pensar que todo lo anterior había sido una práctica para llegar a ella, para ser de ella. Una noche, llegamos a mi apartamento y fuimos a la cama directamente, era tarde y habíamos bebido, sin embargo, yo la deseaba como no había deseado a ninguna mujer antes. La devoré a besos y comencé a quitarle la ropa porque quería ver su cuerpo, tenerlo, usarlo. Ella me mostró avidez y pericia desde un inicio, así que decidí prestar atención y seguir sus indicaciones para llegar a lo que más le gustaba. Una vez desnudos ella me insinuó sus pechos, los cuales con gusto lamí y concentré mis esfuerzos en sus pezones que, suavemente, mordisqué. Ella, con suaves gemidos, me indicó que era correcto mi proceder y la intensidad, luego, bajé por su cuerpo hasta que acomodé mi cabeza entre sus piernas e inicié lamiendo su vagina, primero suave y usando toda la saliva posible, después comencé a jugar con la punta de mi lengua sobre el clítoris y con mi dedo índice, dentro de su vagina, acaricié el punto G. Ella comenzó a mover la cadera y con ambas manos me sujetó por el cabello, al mismo tiempo que sus fuertes gemidos me indicaban el placer que sentía.

Luego de largos minutos, ella guardó silencio un instante y, después, explotó. Una vez que ella se había relajado un poco, pensé en insinuar que yo esperaba mi contraprestación, porque de verdad que estaba muy excitado, pero decidí esperar, con el estoicismo que siempre me ha caracterizado, porque sentía la necesidad de decirle algo.

Entonces, me puse el condón, porque me ordenó amablemente que lo hiciera, me monté sobre ella y la penetré, levantando una de las piernas para poder entrar lo más profundo pero, aunque ella mostró placer, luego de un rato me insinuó cambiar, entonces, giré y me situé de espalda a la cama, ella, con agilidad, se montó en mí, con su mano ayudó a que entrara mi pene y comenzó a moverse manteniendo el ritmo durante varios minutos, después, la acomodé a gatas y, mientras la sujetaba de la cadera, ya con mi pene dentro, ella comenzó a moverse y jadear con cierta violencia para, de repente, detenerse casi por completo al mismo tiempo que exhalaba un suave y prolongado gemido. Nos recostamos y miré su cuerpo, que yo había soñado tantas veces en mis brazos, al tiempo que pensaba que ella era, en ese momento, lo mejor que me había pasado y podría pasarme en la vida. Estaba maravillado, necesitaba declararle mi amor y, cuando estaba por hacerlo, fui interrumpido porque, con su dedo índice, comenzó a recorrer el perfil de mi rostro, siguiendo por mi cuerpo hasta que llegó al pene y, una vez en él, comenzó a jalarme el condón. Yo deseaba terminar en su boca, pero no se lo había insinuado porque quería primero decirle lo que yo sentía en ese momento. Sin embargo, no le fue sencillo retirar el preservativo de mi pene erecto y, en el intento, me estaba jalando algunas vellosidades provocándome dolor, así que me vi obligado a ayudarla y, una vez liberado, ella me empujó con la mano haciéndome quedar completamente boca arriba. Sin decir nada, se movió hacia mi pene para quedar sobre de mí, a gatas casi en la orilla de la cama, lo tomó con la mano, lo introdujo en su boca y, mientras yo la sujetaba por el cabello, comenzó a darme placer.

Aunque no era el momento ideal, pensé tenía que decirle lo que yo sentía pero ella, con pericia, fue de un movimiento lento a rápido con la mano al mismo tiempo que sus labios y, estando yo muy excitado, eyaculé en su boca antes que pudiera mentalmente encontrar las palabras para decirle lo que yo sentía. Fue un placer excelso, toqué el cielo, pero me sentí avergonzado con ella. Una vez concluido, se acomodó a mi lado, me miró y me dijo que se tenía que levantar temprano para ir a la oficina. Se acurrucó junto a mí, jalé una sábana para que nos cubriera un poco, la abracé, miré mi reloj y eran cerca de las 3:00 am. Cerré los ojos.

Un ruido poco familiar me despertó, cuando logré identificar que era la alarma de su teléfono móvil, ella se incorporó y lo apagó.

—Nos tenemos que bañar ya — dijo.

Miré mi reloj y eran cerca de las 7:00 am, me incorporé, me puse lo primero que encontré, caminé con los pies desnudos a la cocina, preparé la cafetera y la dejé sobre la estufa encendida. Regresé a la recámara pero no estaba, fui al baño y la encontré en la ducha, me ordenó que entrara, yo obedecí. Una vez dentro, mientras los tímidos rayos de sol, que entraban por la tronera, dibujaban sombras en su contoneada figura, con mi mano, terminé de quitarle los residuos de espuma que quedaban en sus pechos y parte del vientre, después la abracé y, mientras el agua caliente caía sobre su espalda, tuve una erección pero ella, al sentirla, sonriendo, me besó los labios diciendo —Nos bañamos juntos para ahorrar agua, además, tengo que ir a trabajar.

Después de besarme salió, pasó la toalla por su cuerpo y comenzó a vestirse, mientras yo terminaba de ducharme. A los dos minutos, cerré la llave, abrí las cortinas y comencé a secarme, con la toalla que ella había usado, mientras veía cómo se terminaba de vestir dentro del pequeño cuarto de baño. Cuando ella se ponía las medias, noté lo contorneado de sus piernas, la perfección que tenían y no puede resistir decirle lo hermosas que eran.

—Si viviéramos juntos, ¿todas nuestras mañanas comenzarían así? ¿Tú me dirías lo bellas que son mis piernas? —preguntó—. Yo asentí. Fue en ese momento que comprendí todos mis errores. Lo que destruye son las promesas que haces y después fracasas en cumplirlas.

Al paso de los días comencé a sentirme rodeado. Yo era un hombre independiente pero que dependía de ella para todo. Finalmente, asustado, la engañé, pero, inconscientemente, cometí errores para que lo sospechara. Al día siguiente que había encontrado alguna evidencia, finiquité mi estupidez, mientras estábamos discutiendo, yo le dije que necesitaba un tiempo porque ella no respetaba mis espacios ¡¿espacios?! si con ella jamás los hubo, yo era ella. Aceptó y me dejó ir, esa es la verdad, me dejó ir. Durante la relación, ella hizo hasta lo imposible por satisfacerme, por hacerme feliz, por compartir todo conmigo. Yo, en cambio, nunca fui capaz de aceptar que con ella podía ser grande y de su mano mis posibilidades serían infinitas, porque ella me hacía sentirme imperfecto, pero con posibilidades de dejar de serlo. Después de unos días, al verme sin ella, la busqué arrepentido, pero jamás respondió y, sin conmiseración alguna, me condenó al más cruel de los exilios, el olvido. Desapareció para siempre. Hasta que coincidimos ese día en ese lugar.

Tuve que despertar, porque la chica con la que estaba notó mi distracción y el mesero estaba preguntándome si queríamos otra botella de vino. Después de balbucear un sí, mi acompañante me preguntó, un poco molesta, si yo había visto un fantasma. Sí, eso era lo que había visto, el fantasma de mi felicidad fallecida. Un fantasma lleno de recuerdos y nostalgia por lo que nunca fue y, peor, nunca sería. Qué difícil es explicar a una persona lo que un segundo puede representar, lo lejos que puede uno viajar al recordar y lo complejo que es querer regresar a la realidad.

Intenté dominarme y después de un rato ya estaba de nuevo en la mesa del restaurante, sin dejar de mirar de soslayo al fantasma de unas mesas más adelante. Sin embargo, a partir de ahí la noche no fue la misma y renuncié mi oportunidad de sexo oral que, debo decir, prometía bastante pero, también, por primera vez toda mi vida, había perdido las ganas de tenerlo. Intenté prolongar la estancia en el restaurante, con el único fin de seguir torturándome al ver mi futuro en compañía de otro, pero llegó un momento en que tuve que rendirme y salimos del lugar. Fue terrible cuando pasamos a su lado, no manifestó la más mínima señal que me dejara pensar que yo podía representar algo para ella. En el automóvil no intenté nada y, haciéndole la promesa de una próxima salida, tomé el camino más corto para dejar a mi acompañante en su casa. Pero la verdad es que poco interés tenía en ello, después del trago amargo de los recuerdos y de verme en un espejo del tiempo, atrapado y sin poder salir, preso en la idea de que las cosas son o no son, pero no puede ser de otra forma.

Al día siguiente asistí a la comida de cumpleaños de un amigo, que su novia organizó amablemente, todo era perfecto, todo estaba donde tenía que estar, todo era todo, ¿por qué las mujeres tienen la capacidad de lograr detalles perfectos sin el mínimo esfuerzo? Después de la excelente comida siguieron los aguardientes y la música vernácula. Tan pronto como el grupo de músicos comenzó a tocar, la letra de la primera canción me atrapó, sólo que esta vez no fue en un laberinto de recuerdos, sino de explicaciones que fluyeron mientras el intérprete cantaba *Esclavo y amo* de José Vaca Flores.

Era sencillo, lo que es puede ser y no ser en un mismo momento, sus besos me hacían esclavo y, como consecuencia, yo era el amo del universo. Esa es la paradoja de la vida. Reconocer que las cosas son al mismo tiempo muchas otras cosas, me hubiera dejado aceptar que estaba enamorado y que eso me hacía ser un hombre libre. Ahora, con el paso del tiempo, sé que la amé, la amé como jamás podré hacerlo de nuevo, porque amar es sencillo cuando estás enamorado. ¿Por qué la dejé? Por cobarde, como casi siempre, huir es más fácil, justificar es normal y encontrar pretextos para ser imbécil es rápido. Pero para ser feliz se necesita ser un hombre y, para eso, se necesita ser valiente. Fui un cobarde y la perdí para siempre, la perdí mientras esta vida dure y yo tenga una segunda oportunidad.

Lo que los comensales quieren

Algo que todo chef debe de saber es lo que el comensal quiere. Es importante entender que más allá de las tendencias y las modas, existen matices y sabores locales que hacen que el éxito dependa de saber mezclarlo todo en un gran platillo. Por eso, he tenido la oportunidad de ver muchos lugares que apuestan sólo por la moda y, después de su efervescente éxito, con el paso de unos meses cierran, mientras otros apuestan por los sabores típicos, logrando permanecer en el tiempo pero sin ser trascendentes, simplemente están. Así, en el sexo, saber que es lo que ella busca en ti es un detonador del éxito, porque puede ser que quieras un idilio y ella sólo vea en ti sexo duro, o puede ser que ella vea en ti al padre de sus hijos, mientras tú sólo deseas utilizarla durante un tiempo; desafortunadamente, no existe una solución a este problema más allá de la perspicacia y, además, tener claro que ella es la que decide porque, como llevo tiempo pensando, este siglo es de la mujer.

Con ella todo terminó tan rápido que ni siquiera me dio tiempo de empezar. Cuando llegó a mí, yo estaba viviendo un idilio con mi primer negocio formal, una *sex shop* para mujeres, y, desafortunadamente, fue hasta que ella apareció que entendí lo divertido que sonaba la idea para el sexo femenino. De haberlo notado antes y ser más listo, en vez de pensar que había algo romántico entre ella y yo, habría aprovechado la situación y su curiosidad. Fue una pena que lo que ella quería no era lo que yo pensé que quería, que era lo que yo hubiera querido que quisiera.

Recuerdo que entró por la puerta y cuando me dirigió esa sonrisa, que era capaz de profesar, me sentí arrobado, secuestrado, sometido y junto al altar. Ella hablaba y yo sólo era capaz de mirarla sonriendo como idiota, a todo lo que dijo yo asentí, me dejó su teléfono y salió por la puerta. Una vez que salió de la tienda, una asociada en el negocio, que fue testigo de lo acaecido, me dijo, riendo, que cerrara la boca. Nunca había creído en los ángeles, hasta que tuve uno de frente. Una vez que la angelical criatura se había ido, recuperé lo que habíamos hablado, gracias a que mi asociada estaba al pendiente de todo. Algo raro y complejo de encontrar, pero era mi única posibilidad de llamarla. Google, correo electrónico, el teléfono de uno de mis proveedores en Alemania, VISA y una semana después lo tenía en mis manos, gracias a la celeridad de DHL. La llamé y le dije que lo tenía, ella respondió con una exclamación de felicidad. Me dijo que pasaría esa misma tarde por él. Llegó y, después de pagarlo, gracias a que mi asociada lo procesó en el punto de venta, porque yo estaba a punto de regalárselo, me preguntó ¿qué puedo hacer para agradecerte? Casarte conmigo —pensé—. Le dije que nada, que estábamos para ayudarla y que si quería comer conmigo. Ella se rió, me miró y me dijo que era un poco tarde, era verdad, eran las siete de la tarde, recapitulé y le dije que si quería cenar, ella sonrió. —Hoy no puedo pero, ¿qué te parece mañana? Asentí, sin importarme lo que tenía que hacer al día siguiente. Se despidió de mí y de mi asociada, pidiéndome que la llamara al día siguiente para confirmar y darme su dirección.

No pude dormir. Por la mañana la llamé y, riendo, me dijo que se le complicaba, pero que seguro al día siguiente. No pude dormir. Al día siguiente, la llamé, se rió, me dijo que pasara por ella a las 9 pm y me dio su dirección. Desde que me dio su dirección, pensé que algo no estaba bien porque el domicilio apuntaba a una de las zonas más caras del ciudad y, honestamente, yo no jugaba en esas ligas. De cualquier forma —pensé— ella había aceptado la invitación, así que decidí ir por ella porque gracias a mi trabajo y negocio, podía invitarla a cualquier sitio.

Antes de salir, tomé mi mejor camisa y la chaqueta nueva que tenía, fui a lavar mi automóvil último modelo y en el camino pensé en el lugar al que la llevaría, tenía que ser bueno, digno de ella, así que, mentalmente, enumeré algunas de los opciones que me parecieron más caras y de moda. Llegué a la dirección y mis temores se hicieron realidad, era enorme, mi casa cabría unas 12 ó 14 veces en las dimensiones que ofrecía su domicilio. Pensé, en broma, con suerte ella es la fámula. Toqué el timbre y, por el interfono, una voz femenina preguntó ¿quién? Respondí mi nombre y pregunté por ella. La voz sólo respondió que esperara un momento. ¿Cuánto es un momento para las personas con tanto dinero? ¿Sería lo mismo que para mí? Miré a mi alrededor y vi lujo, mi lindo y nuevo automóvil se veía pequeño y fuera de lugar. —¿Qué puedo tener yo que esta doncella quiera? —pensé—. Minutos después ella salió y me besó en la mejilla, era perfecta, caucásica de piel dorada, sin maquillaje, cabello castaño rizado y vestida a la moda con todos los detalles donde tenían que estar. Abrí la puerta de mi automóvil y, después de dar la vuelta por detrás, con temor, entré.

Introduje la llave e inicié la marcha, no sin antes notar que su perfume había llenado el habitáculo, pero no pude reconocer cuál era, porque como decía mi madre, soy un poco ciego de la nariz, pero imaginé que era Hypnotic Poison porque siempre lo tengo presente como parte de una fantasía.

—¿A dónde vamos? —me dijo sin dejar de sonreír.
—Donde tú quieras —respondí.
—Eso suena muy lejos…

Ese momento era como un sueño, ella y yo, en mi automóvil y, mientras que de fondo sonaba la música, el universo era nuestro, en ese instante miré su boca, linda, tenía un poco de brillo y comencé a imaginar mi… ¡No!, esta vez no, tenía que ser diferente porque ella era diferente. Liberé el freno, pise el acelerador y comenzamos a movernos, con dirección al lugar más caro que pude pensar, mientras en el estéreo de mi automóvil sonaba *Like a waterfall* de Solar Stone.

Llegamos y al entrar al lugar, se dirigió al bar—¡Son muy buenos los mojitos aquí! —dijo. Vaya, seguro que la impresioné con el lugar —pensé—, yo había estado un par de veces ahí, pero ella seguro que había estado muchas más. En el bar, ella pidió sin ver la carta y, además, me recomendó qué pedir sin dejar de sonreír.

—¿Ahora qué haremos? —Preguntó después de beber un rato—. Yo respondí que cenar, ella me preguntó que a dónde, lo que me hizo dudar porque según yo el lugar donde estábamos era un restaurante. Le dije que había pensado que ese era un buen sitio, ella me dijo que sí, que a su papá le gustaba, pero que pensaba en alguna otra opción. Yo había perdido el control y, entonces, cometí un error más en la colección de errores de mi vida —¿A dónde quieres ir? —pregunté—. Sugirió un lugar que a mí me gustaba, era mucho más modesto y relativamente reciente, ella me dijo que no lo conocía pero que le habían dicho que era divertido. Acepté, pagué y nos fuimos.

El sitio estaba lleno y había que esperar pero, como lo conocía, logré que nos acomodáramos con relativo confort en la barra donde bebimos un par de copas más, ella otro mojito y yo un mezcal; mientras esperábamos, ella estaba casi pegada a mí por la cantidad de gente que tenía el lugar y yo, teniéndola tan cerca, miré su boca y pensé que era realmente linda, tal vez con suerte en mi automóvil... —¡No, ella no!—, yo quería una relación formal con esta mujer. Bebimos un poco y casi bailamos en la barra, luego, nos asignaron la mesa y me dijo que le recomendara algo, le sugerí ensalada, ella me dijo que prefería carne. Dudé sobre pedir vino y le pregunté, ella me dijo que sí. Cenamos y, durante la cena, ella me preguntó con genuino interés sobre mi negocio, pero yo no quería que me viera como el propietario de una *sex shop* para mujeres, porque la escena era terrible, en la sala de su enorme y lujosa mansión, frente a sus padres, explicando el porqué había decidido abrir semejante negocio. Así que cambié el tema rápidamente, hablando de mi trabajo como profesor de universidad y mis empleos anteriores en empresas internacionales. Ella, regresó a hablar de mi tienda tan pronto como pudo, preguntando si yo sabía mucho del tema y por eso la había abierto, respondí, tratando de no parecer petulante, que, en realidad, había trabajado mucho tiempo en la industria minorista y que por eso había decidido abrirla. Ella, sonriendo, lo intentó una última vez, preguntando si yo había conocido muchas mujeres en ese negocio. Mi respuesta fue que no, que nunca había salido con ninguna clienta, porque yo consideraba que la tienda era para ganar dinero. Eso era una gran mentira, lo puse por vanidad y por diversión, porque para ganar dinero habría muchos otros negocios más fáciles que una *sex shop* para mujeres, pero yo no quería que pensara mal de mí, imaginándome teniendo sexo duro con cuanta clienta llegaba.

Terminó la cena y le propuse que fuéramos a beber algo más a otro sitio. Ella, sin dejar de sonreír, me dijo que no, que era tarde y al día siguiente tenía que trabajar. Manejé hasta su casa y hablamos de cosas sin importancia, de su trabajo, el gimnasio y su gusto por la pintura. Llegamos a su casa y me estacioné afuera, antes de bajarme para abrir la puerta miré su boca perfecta y pensé que sería lindo por usarla para... no, esta vez no, ya era demasiado tarde para eso. Me bajé y abrí la puerta, ella se despidió de mí y, sin dejar de sonreír, entró a su casa. Nunca más la volví a ver y, tristemente, nunca se enteró lo que en mí había despertado o, tal vez, no lo quiso saber, porque no se dio la oportunidad de conocerme y saber quién era yo o lo que, en su vida, hubiera podido significar.

La llamé un par de veces para invitarla a salir, sin embargo, siempre tuvo un amable no para mí y, mientras me rechazaba, me era sencillo imaginarla, del otro lado de la línea, negando con la cabeza sin dejar de sonreír. Finalmente, entendí que reprobé. Cometí un grave error, ella no quería ir a lugares caros conmigo, tampoco una relación de pareja, mucho menos quería la imagen de ella y yo en un automóvil viajando por el espacio sideral de las notas musicales. Ella sólo pensaba en acostarse conmigo ¿Qué cómo lo sé? Sencillo, era lo único que necesitaba, en realidad, ella lo tenía casi todo, sólo le faltaba algo sucio, perverso, como por ejemplo, acostarse furtivamente con el dueño de una sex shop para mujeres. Al paso de los meses, tuve que conformarme con la triste idea de que otro haría con ella lo que yo hubiera hecho magistralmente, pero, por buscar una cosa perdí la otra y, al final, no tuve ninguna. Aprendí que al cliente lo que pide, no más, no menos.

Las nuevas tecnologías

Después de un tiempo, un chef debe aceptar que tiene que renovarse. Sin embargo, no es sólo en lo que a platillos se refiere, también, en el uso de las nuevas tecnologías que, como en todas las disciplinas, han llegado para modificar permanentemente la forma tradicional de hacer las cosas, llevando a todos a nuevos lugares con nuevas reglas pero, curiosamente, por los mismos motivos. Porque los motivos son eso, motivos, razones que hacen que las cosas sucedan o dejen de suceder y están vinculados a lo más primitivo del ser humano, como comer o tener sexo. Así, no aceptar las nuevas tecnologías, como parte importante de las relaciones humanas, es vivirlas pero sin aprovecharlas porque, la seducción y la conquista, por ejemplo, seguirán en un proceso de adaptación que sucederá contigo o sin ti y, en mi modesta opinión, es mejor que sea contigo.

Esta mujer me tomó por sorpresa. Muchos años atrás habíamos vivido una pasión adolescente y con ella experimenté muchas cosas, la Nutella, por ejemplo. Después de las primeras veces, la tenía bien educada para hacer lo que a mi me gustaba y, aunque algunas cosas le eran más complicadas que otras, fue una buena alumna. Recuerdo que, para que le fuera más apetecible chupármelo, yo me untaba Nutella en el pene y así, el sabor agradable de la avellana y el azúcar, le facilitaba iniciar y lo hacía más divertido. También, ella, en su bolsa de mano, siempre tenía que traer un pequeño contenedor de Nivea o Vaselina, con el fin de poder hacérselo anal con mayor facilidad, porque a veces la lubricación que da una chupada previa no es suficiente. Debo confesar que esta mujer significó mucho en mi vida, fue mi primer amor o, en realidad, fue mi primera mascota sexual, porque el amor no puede estar basado en sexo y, también, debe ser una cuestión de fidelidad y si yo sólo pensaba en tenerla en la cama satisfaciendo mis necesidades más perversas y, además, decidí experimentar con otra mujer, lo que estando con ella había aprendido, evidentemente yo no la amaba. No es relevante que nunca la dejé de pensar y que por mucho tiempo busqué, en otras mujeres, lo que ella me daba. Tal vez es por ella que nunca entendí el amor, porque cuando se habla de él pareciera algo perfecto y etéreo, a veces angelical, muy lejano a los imperfectos humanos y sus fluidos.

Después de muchas tardes en su casa, en la mía y en moteles, un día, por razones ajenas a su voluntad, ella se fue de la ciudad. Fue ella la que realizó mis primeras fantasías lanzándome a buscar muchas más y, al final, descubrí que yo estaba hecho más a su medida que ella a la mía. Cuando se fue, estábamos con problemas porque ella sospechaba —con justa razón— de una compañera de mi primer semestre en la universidad, así que, aunque la fui a dejar a la estación de autobuses y nos despedimos con un largo beso, se fue herida y, como todas mujeres, ella nunca olvidaba nada. Mi mente me condenó a horas de tortuosos pensamientos, imaginando que, por despecho, complacía a otros con las técnicas aprendidas durante su proceso de educación, pero, si yo no podía dejar de pensarla cada vez que tenía sexo con otra mujer, ¿quién educó a quién?. Su partida me rompió el corazón y, junto a la estación, lloré porque no volvería a verla jamás.

Poco después de su partida, perdimos contacto por el elevado costo, que en aquella época, tenían las llamadas telefónicas y porque cada uno estaba en un nuevo mundo, ella en otra ciudad y yo en la universidad. Finalmente, nos perdimos para siempre, hasta que, muchos años después, con la llegada de las redes sociales, nos encontramos en Facebook y, después de algunos mensajes directos, ya estábamos comunicados a través de WhatsApp teniendo intimidad. Porque antes la intimidad se lograba cuando pasabas de salir a vivir con alguien, hoy cuando pasas de Facebook a WhatsApp. Al principio los mensajes fueron distantes y breves, luego comenzaron a tener cierta frecuencia y un tono mucho más amistoso, hasta que un día, sin mayor aviso, llegó esto:

—Soñé que veía llover a través de una ventana; el frío del cristal hacía contraste con la brisa que sentía recorrer sobre mi cuello, con tintes de ternura, deseo y abandono a la razón. No siento ya más frío, sólo deseo que tus manos recorran la ansiedad de mi piel al sentirte cerca, quiero el calor de tus labios para poder fundirse con la pasión que siento crecer. Tu mano con una delicada seguridad me toma por la cintura haciéndole entender a mi ser que te pertenece. Un entrecortado no, con un toque de súplica es el fin de mi cordura que se despide al sentir que ha perdido y da su consentimiento a la inconsciencia, dejando que la lujuria tome el control. Tú te mantienes detrás, recorriendo y disfrutando con tus manos el mapa que habrás de reclamar como tuyo; porque esos pequeños gemidos que se escuchan son la señal de mi rendición que ahora suplican que me tomes.

Lo leí mientras esperaba el semáforo en verde. Después de

leerlo, no pude resistir reírme, qué divertido —pensé— se equivocó de destinatario. Pensé en responderle que se había equivocado. Pero, imaginando su rostro sonrojado por la vergüenza, escribí —Yo encantado ;)—. Cambió la luz del semáforo y avancé. Qué risa, de verdad, más para una mañana fría de sábado sin mayor esperanza de que ocurriera algo divertido. Sin embargo, las cosas dieron un un giro inesperado, al llegar su respuesta algunos kilómetros después.

—No había imaginado siquiera que esto fuera una posibilidad, hasta hoy por la mañana, sin embargo, ahora mismo no sé si ya desperté bien o sigo dormida, tu respuesta me impacta, la forma de redactar la aceptación me desilusiona viniendo de alguien romántico y apasionado, esto le da un giro interesante a la forma en que te veía, este acto despierta mi lado travieso que creí que ya no existía.

—¡Válgame Dios! Qué complicado, —pensé que era un error, que el mensaje era para su marido o, posiblemente, su amante—. Nunca creí que fuera para mí. Además, esa parte de romántico y apasionado me dejó frío, yo me había acostumbrado a que me llamaran cínico, inmaduro, infantil, mentiroso, irreverente, necio, miope, descarado, egoísta, torpe, tarado, pero, en mis últimas relaciones, ninguna mujer me había dicho algo tan bonito y complicado, romántico es mi segundo nombre —pensé.

No cabe duda que somos lo que los demás piensan que somos, lo que nos hace tener varias personalidades, dependiendo de lo que cada persona ha conocido de nosotros. Pero, vamos a ver, ¿qué esperaba ella como respuesta? Yo iba conduciendo, el mensaje llegó sin aviso alguno, no habíamos sabido nada el uno del otro en años, teníamos un par de meses de escribirnos por Facebook y WhatsApp y, de buenas a primeras, ¿se me ofrece de esa manera? —¡Gracias Dios! la falta que me hacía—. Definitivamente era una señal de que mi buen comportamiento había hecho que me llegara esta golosina, claro, las buenas acciones pagan, porque yo siempre intenté ser sincero lo que me costó ser interpretado equivocadamente, porque ¿quién entiende a las mujeres? pasan toda la vida buscando alguien que les diga la verdad y después, cuando lo encuentran, le llaman cínico. Manos a la obra —pensé— y llegando a mi casa retomé la conversación. La ventaja de seducir a través de mensajeros instantáneos es que tienes tiempo para pensar y elaborar tu respuesta, a diferencia de hacerlo en persona o por teléfono donde no tienes espacio para la reflexión. Entonces, a través de un mensaje, le propuse que nos viéramos. Lo hice porque pensé que ella, a su edad, buscaría acción y no regateos, además, ella lo había iniciado. En ese momento, con su respuesta iniciamos una conversación.

—Mi vanidad de mujer sonríe pero mi lógica basada en hechos pasados me dice que he despertado tu ego, ese que se siente tan satisfecho cuando sabe que es deseado. ¿Para qué quieres que nos veamos?— Preguntó.

¿A qué estamos jugando? —pensé— ¿No es obvio? Para tener sexo, para qué otra cosa podría querer verla.

—Despertaste mi deseo, no mi ego, me gustaría verte porque es más fácil hablar de estos temas que escribirlos, ¿no? —Respondí.

—En teoría, pero en la práctica tengo la sensación de que no es una buena idea, no es que no quiera verte, pero ya te conozco.

—Pero es que has despertado muchas sensaciones en mí... —Había yo mordido el anzuelo, aunque puedo decir en mi defensa que no fue por tonto, fue por necesitado.

—¿Qué sensaciones? —preguntó.

— ¿Del tipo erección? —pensé en escribirle—, pero, afortunadamente, sólo lo pensé.

—Pues he recordado muchas cosas de nuestra relación y me he excitado mucho —Se lo dije directo, porque de tonterías ya estaba bueno.

—¿Qué es lo que recuerdas?

Bueno, esto ya era el colmo... ¿Por qué recordar lo que puedes vivir? Nadie va a un restaurante sólo a recordar, recuerdas y, porque lo haces, vas a revivir, es decir, a comer.

— Muchas cosas. ¿Crees posible vernos? —pregunté.

—No sé aún, ¿qué recuerdas? —Respondió. —Qué complicado —pensé, porque era fuerte el tema, ¿qué esperaba ella?

—Recuerdo que te sodomizaba—escribí—. La bomba había explotado. De todos los temas posibles, seleccioné el que consideré más fuerte de todos, porque si de recordar se trataba los recuerdos no muerden, muerde el no poder revivirlos.

—Recuerdo que —continué escribiendo— no te encantaba la idea, pero me dejabas que te lo hiciera. Te ponía a gatas, te subía la falda, bajaba tus pantaletas, me bajaba el cierre, te untaba Nivea, te lo metía y me movía hasta terminar. —Estaba hecho, sería o no, pero estaba hecho.

—Me daba vergüenza —respondió después de varios minutos de mi último mensaje —porque me gustaba demasiado.

¡Qué fuerte! Estaba yo que reventaba, pero ¿por qué estar escribiéndonos lo que podíamos estar haciendo? —pensé.

—Eres al único que le he permitido me sodomice —continuó.

Casi me da igual — pensé— si lo que busco es volver a hacértelo, no exclusividad.

—¿Qué más recuerdas? —cuando llegó esta pregunta yo ya estaba masturbándome y terminé muy rápido porque me conozco bien y, además, estaba yo que reventaba. Eyaculé y, debo confesar, que perdí un poco el interés en seguir con esto.

—Recuerdo que me lo hacías oral —Escribí, ya sin dar mayor importancia.

—Sí, sólo para ti me pintaba la boca de rojo antes de meterlo a mi boca. —Segunda erección con mi iPhone en la mano. Era verdad, ella se pintaba la boca antes de hacérmelo oral, porque los aceites, ceras y emolientes del labial hacían que sus carnosos labios resbalaran lentamente a lo largo de mi pene, dándome una sensación excelsa. Era lindo decirle únicamente: píntate la boca, lo que significaba que la quería de rodillas dándome placer.

—¿Quieres que nos veamos? —preguntó finalmente—. Qué pregunta es esa, —pensé— llevo suplicándolo un rato y sigue dándome vueltas.

—Sí, —respondí.

Era complicado, ella, después de su divorcio, se había mudado a una ciudad a unos 1,200 kilómetros de distancia al norte de donde yo vivía, lo que me significaba viajar en avión y pasar un fin de semana fuera y, aunque yo conocía bien la ciudad de su residencia, porque había estado varias veces en ella por trabajo, no estaba seguro que tendríamos sexo porque para eso nos veríamos, ¿no? O, ¿sería ella capaz de hacerme viajar y pagar un hotel sólo para hablar? Ahora, ¿qué tan adecuado sería preguntarle si tendríamos sexo? Evidentemente podría hacerme validar el ir pero, al mismo tiempo, eso podía hacerla arrepentirse, sentirse usada o molesta y cambiar de opinión. Finalmente, quedamos de vernos el siguiente fin de semana en la ciudad donde ella vivía, nos despedimos cariñosamente y ambos abandonamos la conversación. Sin embargo, yo seguía pensado en ella y recordando todo lo que podía, tratando de reconstruir su imagen con los recuerdos que tenía. Buscando encontré, en iTunes, la canción con la que ella había quedado etiquetada en mi corazón después de su partida y, al comenzar a escucharla, cerré los ojos, al tiempo que The Cure cantaba *Pictures of you*.

A la mañana siguiente, fui al Starbucks de siempre a tomar un café y, además, a reflexionar sobre el viaje que, producto de mi excitación, me había programado tan intempestivamente. Mientras bebía mi expreso doble cortado con un poco de canela, mentalmente evaluaba la relación beneficio sobre inversión, entre el costo del viaje y la posibilidad de tener sexo. Entonces, a mi mente llegó su imagen y pensé que ir, tan lejos, para que me saliera con una negativa era mucho riesgo, porque ella siempre tuvo una forma de ser rara, era complicada y muy determinada; si, por la razón que fuere, hacía esto sólo por diversión era obvio que el remate no era sexo, era ver mi cara de decepción y tristeza.

Decidí no ir. Era evidente que me aproximaba a una celada. Le escribí un mensaje en ese momento, a través de WhatsApp, explicando que tenía problemas para encontrar quién cuidara a mis perros durante el fin semana, ofrecí una disculpa y me despedí pidiendo que lo intentáramos más adelante. Ella respondió, a los pocos minutos, sin parecer molesta o decepcionada, que me entendía y no me preocupara. Salí del Starbucks y caminé a mi automóvil, entré y conduje rumbo a mi oficina. Decidí no escribirle más, al menos por un tiempo, porque ella representaba mucho riesgo para mí, sobre todo por el momento de soledad por el que yo estaba pasando. Días después días dejé de pensar en ella y la volví a perder de vista aunque, esta vez, sabía que era temporal. Porque si algo he aprendido hoy es que, con las redes sociales, en realidad no te vas, sólo estás ausente.

Los ingredientes

Un chef tiene que ser capaz de obtener lo mejor de los ingredientes que utiliza, sin importar la calidad de los mismos. Esto es importante porque no siempre tendrás lo que deseas, sobre todo en un inicio, por lo que deberás, tanto como profesional y como persona, hacer lo mejor que puedas cada vez. Así es en el amor, no importa quiénes son los que están involucrados, lo que importa es que lo están y, a pesar de las circunstancias, los participantes deberán disfrutar al máximo cada momento, porque nunca saben cuando tendrán otra oportunidad.

Disfrutar es una cuestión de elección personal, porque el destino muestra caminos y nosotros escogemos, haciendo que la vida sea una concatenación de eventos derivados de las decisiones que tomamos cada vez. Sin embargo, si bien la elección es de cada uno, todos iniciamos el camino en diferente lugar.

Esta mujer de todos los males tuvo los peores. Bonita, no muy brillante, de cuna humilde en un lugar golpeado por la corrupción, crédula como novicia y, lo peor, fértil como el estado del que era oriunda. Tuve la suerte de conocerla por error en un *table dance* de bajo nivel, en una zona de bajo nivel y con gente de muy bajo nivel. Mi vida se había complicado y yo, como otras veces, pasaba por una terrible depresión, sólo que esta vez era consecuencia de la repentina muerte de mi madre. Ir a buscar compañía fue una necesidad, porque nunca he sido de ir a ese tipo de lugares, no porque los desprecie, es que eso de ver mucho y tocar poco no me gusta y honestamente —al igual que mi padre pensaba— nunca he podido aceptar el hecho de pagar por tener sexo, que me paguen es deseable, pero pagar yo, me cuesta trabajo aceptarlo. Recuerdo que las veces anteriores que fui a un bar de este tipo, fue por acompañar a alguno de mis amigos y, normalmente, yo terminaba dormido en la mesa o aburriendo a alguna de las chicas con mis laberínticas teorías sobre la vida, mientras que ellas, seguramente, soportaban por las copas que cada 30 minutos pedían al mesero, previa autorización de mi parte. Normalmente, esas experiencias siempre concluían en pagar la cuenta y regresar a casa con un montón de ideas complicadas en la cabeza. Sin embargo, por extraño que fuera para mí, esa vez experimenté la necesidad de ir y además solo, como casi siempre hago las cosas que me son importantes.

Ya en el lugar, me trajeron la cubeta con seis cervezas y le dije al mesero que no me llevara a ninguna chica, que yo le indicaría más tarde con quién. Mi intención era beber mis cervezas e irme a casa, sin tener que hablar con una chica semidesnuda, porque yo únicamente buscaba no estar solo, quería sentirme rodeado de personas que no me conocieran y que no tuvieran mayor interés en mí. Después de un rato, llegó esta chica, sin que yo la pidiera y se sentó, después de sonreírme, me preguntó si se podía sentar. La miré por unos segundos, era blanca, de cabello rubio natural rizado y, sorpresivamente, no usaba maquillaje. Balbuceé un sí, me preguntó cómo me llamaba, se lo dije, luego, me dijo su nombre que, evidentemente, era falso y usaba como una máscara preciosa para la desnudez a que el trabajo la obligaba. No me importó, todos usamos máscaras, siempre, sin embargo, ella enmascaraba su pudor con el nombre porque exhibía su hermoso cuerpo y, en realidad, no hay persona más honesta que la que está desnuda. Me preguntó si podía pedir algo de beber, yo, sonriendo, respondí que lo que ella quisiera. Más rápido que deprisa le trajeron una bebida y, tan pronto la tuvo en la mano, me ofreció brindar, lo que para mí fue gracioso porque no me gusta hacerlo pero, en su caso, antes de pensar nada, ya había yo chocado el cuello de la botella de mi cerveza Indio con su copa de flauta, esbozando una sonrisa de idiota, mientras que en el escenario, una de sus compañeras, terminaba de bailar.

Las horas pasaron, sin que yo pudiera poner atención a nada que no fuera ella y su historia, maravillado por la fuerza que una mujer es capaz de mostrar, sobre todo, cuando tiene una razón honesta para hacer las cosas. Me explicó que inició en su tierra como chica de salón y que su madre lloró cuando se enteró. Años después, en otra ciudad, sin marido y con un hijo decidió ser chica de variedad porque ganaba más dinero. Sin embargo, el marcador se había movido y ahora tenía ya tres hijos, de dos diferentes padres y, también, aceptaba salir con alguien por dinero. Mientras me contaba todo, no dejaba de sonreír y, además, contaba la historia como si fuera el cuento de una novela de amor donde, la protagonista, al final, vive feliz para siempre con el príncipe azul. No podía creerlo, esta chica, mucho más joven y vivida que yo estaba frente a mí, bebiendo semidesnuda una copa, en un bar de bajo perfil, donde no te revisaban al entrar, y, sorpresivamente, era capaz de sonreír. ¿Cómo lo lograba? ¿Por qué yo llevo toda la vida lamentando mis errores pasados sin disfrutar el momento? ¿Cómo logran esa fuerza las mujeres?

Mientras ella hablaba, yo no podía dejar de ver su boca que, sólo con un poco de brillo, era preciosa y despertaba en mí el más bajo de los impulsos, porque más que besarla yo, con vergüenza, sentía la necesidad de que me hiciera sexo oral. Intempestivamente, la besé, lo que es peligroso en esos lugares, y ella, sorpresivamente, me correspondió. El tiempo voló y yo la disfruté mucho, por todo lo que hablamos pero, sobre todo, porque, en algún momento de la conversación, me dijo que a ella le encantaba hacer sexo oral. Lloré, en mi interior, pero lloré de felicidad, porque tal parecía que ella había leído mis más obscuros deseos. ¡Qué emoción! —pensé— a esta chica le gustaba hacer lo que tanto me gusta que me hagan, fue como encontrar a mi media naranja. Fascinado, por tan importante revelación, le pedí su número de teléfono y le di el mío, además, la invité a cenar la siguiente semana y ella me dijo que sí, que sólo tenía que planearlo bien, porque necesitaba dejar a sus hijos con alguna de sus hermanas. Yo había decidido llevarla al mejor lugar que pudiera pensar y, también, tratarla como a cualquier otra mujer con la que hubiera salido, porque ella, en su forma única de ser, era divina. Eran las 4 am. y el lugar estaba cerrando, antes de irme, me dijo que ella había cometido muchos errores, pero que era honesta. En toda mi vida no había escuchado algo tan nítido como eso. Los errores son eso, errores, de otra forma, serían maldad. Era honesta en aceptar su realidad, sus errores y, además, en sonreír. Entonces, después de escuchar lo que me dijo, la amé, la amé tanto, la amé profundamente y la amé para siempre... hasta que dejé de hacerlo.

Salí del lugar sin dejar de pensar en ella, su historia, su boca y lo que haría con ella en pocos días. Desafortunadamente, la siguiente semana, por razones de trabajo, con urgencia salí de la ciudad y, a través de un SMS, cancelé la cena, pero con suficiente tiempo para no perjudicarla. Los días, mientras estaba fuera, se me hicieron eternos porque no pude dejar de recordarla, porque estando lejos, en una ciudad ajena, es complicado dejar de pensar en lo que necesitas, en lo que deseas. Equivocadamente, no disfruté del lugar donde estaba, porque terminando cada día de trabajar, después de cenar, me refugiaba en mi habitación para sólo soñar con ella y en que pronto la vería. Pero, en la mañana del día antes de regresar, tristemente, recibí un SMS que decía: Viniste y no me hiciste caso. Ahí terminó todo. Finalmente, aprendí que enamorarse es fácil, cualquiera puede, sólo necesitas un pretexto. Lo complicado es disfrutarlo mientras dure, porque hay que escribirlo: nada dura para siempre.

Al día siguiente, por la tarde, pagué la cuenta del hotel donde me había hospedado, bajé al estacionamiento y abrí la puerta trasera para acomodar mi maleta, no sin antes verificar, por décima vez, que mi MacBook Pro estaba dentro. Después, ya dentro del automóvil, conduje rumbo a la carretera, a través de la pequeña ciudad donde, a distancia, me habían roto el corazón nuevamente. Al llegar a la desviación, a la ciudad de México, con un atardecer precioso de mi lado derecho, aceleré y, en ese momento, se comenzó a escuchar, en el estéreo, *Perlas* del Columpio Asesino.

Utílogo

Durante la firma de autógrafos, estaba en la mesa de honor embelesado por el momento, pensando que, con suerte, alguna lectora podría querer algo más que un autógrafo. Estando sentado para firmar, miraba con orgullo la portada, cuando un ejemplar fue arrojado entre mis manos, sin pensar, lo abrí y pregunté: ¿a quién lo dedico? Levanté la mirada al no escuchar respuesta. En ese instante, experimenté mucho dolor en la mejilla izquierda al tiempo que perdí el equilibrio y caí de la silla. Mientras intentaba incorporarme, sólo escuché, entre los zumbidos ocasionados por el golpe, como una voz femenina me gritaba: ¡ALMOHADA? ¡ALMOHADA?

www.ingramcontent.com/pod-product-compliance
Lightning Source LLC
Chambersburg PA
CBHW060315260626
47160CB00007B/2615